인간관계 마스터 스킬

더 나은 PIG를 선택하라

인간관계 마스터 스킬

세상에 돼지는 많다 —

더 나은 PIG를
선택하라

안 유 일 지음

도서출판 **더 로드**
The Road Books

추천사

매일이 지옥 같았던 결혼 생활에서 내가 사랑하는 사람이 남보다 못한 존재가 되어버렸고 저는 부부 생활을 포기하려 했습니다. 마지막으로 실낱 같은 희망을 걸고 안유일 소장님을 만나게 되었고 PIG 이론을 알게 되었습니다. 소장님과 상담하고 PIG 이론을 배우며 직접 실천하면서 부부관계 뿐만 아니라 인간관계 전반과 내 자신을 깊게 살펴보는 기회를 얻었습니다.

그동안 보았던 인간관계나 자기계발서와 달리 PIG 이론은 긍정을 강요하지 않으며 내게 맞는 더 나은 PIG를 선택한다는 것에 기분 좋은 충격을 받았고, 실제 생활에 적용하면서 부부관계가 하루하루 달라지고, 나 자신을 새롭게 발견하며 이제와는 다른 시각으로 인생을 바라볼 수 있었습니다.

이제는 이 책을 읽는 여러분이 경험할 차례입니다. 긍정을 강요 받지 않고 내 스스로를 위해 더 나은 "선택"을 할 수 있을 것이라 믿습니다. 제가 감사히 소장님과 PIG 이론을 알게 된 것처럼 많은 분들이 이 책을 통해 새로운 인생을 살아가실 수 있기를 바랍니다.

_여름

결혼은 "한 명의 남자가 한 명의 여자를 만나서 같이 행복하게 사는 것"이라고 정말 단순하게만 생각했었던 때가 있었습니다. 막상 결혼을 해보니 하하호호 할때보다 피터지게 싸우고 헤어짐을 입 밖으로 꺼낸 때가 더 많더군요. 그때 지푸라기라도 잡듯이 아내가 '행남연'을 추천했고 전 아무 생각 없이 그 지푸라기를 잡았습니다. 그리고 만난 안유일 소장님의 PIG 이론이 저에게 많은 깨달음이 있게 했습니다.

이 책을 통해 좋은 남편이란 무엇인지 배우고, 행복한 결혼 생활은 어떤 모습인지 알게 되었으며, 부부 사이에서 나누는 진정성 있고 속깊은 대화의 중요성에 대해 깊게 생각해볼 기회를 찾을수 있었습니다. 행복한 결혼생활은 거저 얻는 것이 절대로 아니고 서로를 향한 피나는 노력의 결과물이라는 것, 그리고 그 노력은 어떻게 하는 것인지 구체적으로 알려주셔서 감사합니다, 소장님. 그 누구보다도 제일 오랫동안 제 편이 되어줄 아내에게 좋은 남편이 될수 있는 방법을 깨닫게 해주신 안 유일 소장님을 응원합니다.

_토니

대화를 하면 다툼이 되어 말수가 없던 저희 부부, 지금은 누가 뭐라할 것 없이 서로 긍정의 대화를 주고 받습니다.

나를 먼저 알고 남편을 알면 백전백승! PIG 이론을 통해 나를 바로 보게 되고 나를 온전히 받아들이니 남편을 있는 그대로 인정하고 이해할 수 있게 되었어요!! 더 나은 돼지를 선택하고 후회가 적은 삶을 살기 위한 분들에게 이 책을 추천드립니다!

_엔젤

더 나은 PIG를 선택하라

자기계발 서적을 많이 살펴보았지만 큰 감명을 받지 못한 적이 있었습니다. 그러나 이 책을 읽으면서 제 내면의 생각들과 맞닿는 부분들을 발견하게 되어 가슴이 두근거렸습니다. 더불어 빠르게 실천하고 싶은 욕구가 솟구쳤습니다. 이 책은 인간관계 속에서 생겼던 혼란을 해결하기 위해 노력했지만 그 원인을 파악하지 못했던 저에게 구체적인 해결책을 제시해 주었습니다. 다른 인간관계 기술 서적과는 달리 이 책은 근본적인 문제를 이해하고 다시 성장하는 데에 초점을 맞추고 있습니다. 성숙함과 더 나은 선택을 향해 나아가고자 하는 모든 분들에게 추천하고 싶은 책입니다.

_거노

신혼부터 시작된 갈등, 연애때와 너무 다른 남편, 부부상담으로도 나아지지 않는 관계, 상처주는 말들로 마음이 너무 힘들고 우울하던 중 우연히 인스타를 보고 만난 행남연을 통해 읽은 PIG 이론으로 행복의 실마리를 찾을 수 있었어요. 부부로써 서로 존중하고 사랑 할 수 있는 방법을 넘어 옳바른 인간관계를 통해 더 성장할 수 있는 발판을 마련 해 주는 책 입니다. 거실 중앙, 눈에 잘 보이는 곳에 PIG 이론에서 얘기하는 5가지 바이러스를 적어놓고 남편과 "갈등(싸움 X)"이 있을 때 마다 심호흡과 함께 되새겨 보아요. 덕분에 싸움이 아닌 갈등의 대화를 하며 남편과 같이 성장하고 있습니다.

_극복

하루 7번도 넘게 부부싸움을 하던 부부였습니다. 할 말을 제대로 못하고 생각만하는 저에게 지혜롭게 소통하는 건강한 생각을 알려준 책입니다. 많은 분들이 이 책을 읽고 하고 싶은 말을 부드럽고 분명하게 전하는 방법을 살펴보셨으면 좋겠습니다.

_돼지감자

위기의 부부, 위기의 가족. 죽어서라도 도망치고 싶었고. 그게 안된다면 차선의 선택지는 이혼뿐인 것 같았습니다.
우리가족에게 주어진 마지막 기회라고 생각하고 PIG 이론과 챌린지를 지푸라기 잡는 심정으로 시작했습니다.

별것 아닌것 같은 작은 선택들로 조금씩은 회복되어지고 있는 부부관계를 느낄수 있었습니다.

아마 인생이 끝날때까지이 이론이 필요할것 같아요..

인생을 살아가면서 간혹 넘어지긴 하지만 PIG가 있어서 아예 엎드러지진 않을거예요.

_상크미

이 책을 진작 알았더라면 내 인생이 달라졌을텐데! 하지만 지금이라도 알게 된 것 자체가 선물같은 책입니다. 쉽게 읽히면서 전달되는 메시지는 강력하여 마지막에는 스스로 행복하여 미소 짓고 있는 자신을 발견하게 될 것입니다. 가까운 사람일수록 추천하고 싶은 책! 내 편일수록 권하고 싶은 책! 이 책을 만난 후의 저는 전과는 확연히 다르다고 할 수 있어요. 이 책을 읽는 모든 사람들이 진심으로 행복했으면 좋겠다고 하신 안유일 소장님, 그 마음 전달 잘 받았습니다. 감사합니다.

_소나무

몇가지 마음에 드는 문장들을 슬로건처럼 써붙일까도 생각 중이에요.

정말 소장님께서 얼마나 열심히 공부하시고 저희같은 부부들에게 도움을 주시려고 하시는지 마음이 크게 와닿았어요.

책을 읽은 후 감정이 안좋아지면~ 서로 바이러스가 침투했다!!! 하면서 장난치면서 웃어요.

2장을 읽고는 집에서도 어깨 쫙 펴고 평상복도 새로 주문했답니다!

_팩트

저희 부부는 이 PIG 이론을 서로 번갈아가며 목소리로 읽어내려갔습니다. 그 덕분일까요? 책을 읽어내려가던 시간들이 너무 행복하고 2일에 걸쳐서 천천히 읽던 책읽는 시간이 하루하루 기다려졌습니다. (빨리 읽기 싫었달까요?)

서로를 대입도 해보고 때론 나의 행동과 생각이 이런식으로 막혀있었나 싶기도 했네요.

서로에게 무엇이 부족했는지 얼마나 자기 자신을 알고있는지, 모르고 있는지를 알게되는 시간이었습니다.

부부이야기에 인간관계를 이야기 했을땐 (갑자기 인간관계?) 라고 생각했던거 같습니다.

하지만, 글을 읽어내려갈수록 우리가 어떤 바이러스에 감염되었는지 어떤 자동화사고를 갖고 살았는지 모르고 살았다고 생각하니 머리가 띵~ 하더군요. ㅎ

아직 많은 신랑들이 아내와 대화가 힘들꺼라 생각합니다.

이 책을 읽고 아내의 생각과 마음이 어떤지 살펴볼수 있는 마음가짐이 생겼으면 좋겠습니다.

_투페요니

인생 밑바닥 안유일,
인간관계 마스터를 만나다

2016년 10월, 영원한 행복의 시작과 동시에 멸망?

세상 가장 아름다웠던 날

딴따다단(결혼식 음악) 안녕하세요. 27살 안유일입니다. 고등학생 때부터 제 꿈은 좋은 남편이었습니다. 그리고 마침내 그 소원을 이루었습니다. 평생을 사랑할 아내와 결혼식을 올렸습니다. 마침내 제 소원이 이루어졌습니다. 이 영원한 행복은 안타깝게도 단 한 달 만에 끝났습니다.

"당신에게 속았어"

결혼 한 달 만에 아내는 제게 말했습니다. 그리고 덧붙였습니다. "나를 함부로 대하지 마. 다른 사람들에게 대하는 것처럼 대해줘." 아내는 매일 밤 울었습니다. 웃는 게 예쁜 아내의 얼굴은 더 이상 행복해 보이지 않았습니다. 문제는 심각했습니다.

2016년~2020년 월급 150만원

　　부끄러운 말이지만 당시 제 월급은 150만 원이었습니다. 세금 비슷하게 이것저것 떼고 나면 130만 원 정도 남았습니다. 4대 보험도 없었고 인센티브도 없었습니다. 화요일부터 일요일까지 6일간 일했고 매주 3일을 야근했습니다. 그런 생활을 6년

　　　　　　　　　　　더 나은 PIG를 선택하라

반지하에서 만난 사랑하는 천사

동안 했습니다.

　그 사이 아이도 태어났습니다. 하지만 역시나 월급은 150만 원이었습니다. 저희 가족은 차상위 계층이었습니다. 제 멘탈은 말 그대로 쓰레기였는데 더 나아질 생각은 하지 못하고 차상위 계층이 받는 바우처가 좋다며 행복해했습니다.

회사 생활도 엉망이었습니다. 감정조절을 잘 못해 욱하기 일쑤였고 가장 열심히 뒷담화를 했습니다. 앞에서는 착한 척하지만 위선이 가득했습니다. 저 스스로도 제 인생이 불만족스러웠고 무엇보다 아내를 위해서 변해야만 했습니다.

하지만 막막했습니다. 대체 어디서부터 바꿔야 할지, 반 지하 7평짜리 투 룸에서 아내와 아이 셋이서 과연 뭘 할 수 있을지 절망 그 자체였습니다. 창문과 틀이 맞지 않아 겨울이면 빈틈으로 한기가 들이닥쳐 아내와 아이가 감기에 걸렸을 때는 정말 죽고 싶을 만큼 괴로웠습니다.

더 나은 PIG를 선택하라

반지하 7평 결혼생활 시절 (곱둥이가 우글우글)

　어떻게 하면 이 지독한 가난에서 벗어날 수 있을까, 어떻게 하면 아내와 다시 사이가 좋아질 수 있을까, 정말이지 막막했습니다.

　그러다 아주 우연히 자칭 인간관계 마스터(이후 마스터라고 부르겠습니다)를 만났습니다. 마스터는 제게 말했습니다.

"인간관계가 바뀌면 인생이 바뀌는데,

인생 한 번 바꿔볼래?"

저는 지푸라기라도 잡는 마음으로 바꿔보겠다고 제발 그 비법을 알려 달라고 사정했습니다. 그리고 마스터에게 인간관계를 배우기 시작했습니다.

그날부터 제 인생은 변하기 시작했습니다. 실수령 135만 원도 안되었던 제 연봉은 2년 만에 2번의 이직을 통해 3,000만 원 이상 증가했습니다. 더 나아가 개인사업을 시작하며 경제적으로도 안정되었습니다. 뿐만 아니라 찬바람이 불던 반 지하 투 룸에서 햇살이 따뜻한 19층 신축 아파트에 자가로 살고 있습니다.

더 나은 PIG를 선택하라

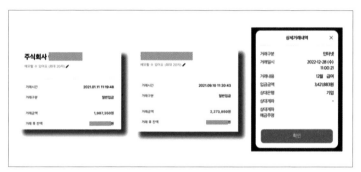

이직을 하며 2배 이상 상승한 월급

　그리고 그토록 간절히 원했던 아내와의 관계가 달라졌습니다. 살얼음판 같던 집이 따뜻해졌습니다. 아내와 자주 다퉈 조금만 큰소리가 나면 아이가 "엄마 아빠 또 싸워?" 라고 말했는데, 그 말을 언제 들었나 싶습니다. 남의 편이었던 제게 아내가 말했습니다.

당신 참 어른스러워

자기랑 결혼하길 정말 잘했어

이 책이 말하는 것, 말하지 않는 것

이 책은 부자가 되는 법, 이성을 유혹하는 방법, 한 방에 인생 역전하는 방법을 말하지 않습니다. 그리고 당신의 마음을 따듯하게 어루만지는 감성적인 말도 없습니다. 이 책은 제대로 선택하는 방법을 알려줍니다.

그렇게 되면 너무나 자연스럽게 지금보다 더 부유해집니다. 더 나은 선택을 하게 되니 당신 자체가 더 매력적으로 변하게

더 나은 PIG를 선택하라

되어 이성에게 어필도 할 수 있습니다. 일시적인 위로가 아닌 스스로를 사랑하고 지킬 수 있는 진정한 변화를 선물합니다.

마스터의 가르침을 하나씩 따라가면 당신은 더 이상 인간관계로 고통받지 않게 됩니다. 쓸데없는 감정 소모를 즉시 멈추게 됩니다.

그러면 괴로웠던 인간관계 고민을 끝내러 저와 함께 출발해 보시죠.

차 례

Persona
Interpret
Guard Line

1부

인간관계는 결국
PIG를 알아야 한다

마스터의 가르침

PIG 선택 이론 오리엔테이션

안녕? 반가워. 나는 앞으로 당신의 인간관계를 도와줄 인간관계 마스터야. 편하게 마스터라고 불러. 일단 바로 시작 해볼까?

Persona / Interpret / Guard Line

인간관계 마스터 스킬은 바로 PIG 선택 이론이야.
PIG는 Persona(가면), Interpret(해석), Guard Line(기준)의
약자야.
이 책을 읽을 때는 항상 아래 문장을 기억하도록 해.

"더 나은 PIG를 선택해!"

돼지는 단 한 마리만 있지 않아. 세상에 수많은 돼지들이
있지.
그중에서 네게 딱 맞는 돼지를 선택하면 돼.

다른 사람에게 어떤 모습으로 보이고 싶어?

뛰어난 모습? 그렇다면 그에 맞는 Persona(가면)을 선택하면
돼.
부정적인 생각 때문에 괴로워? 긍정적인 Interpret(해석)을
선택하면 돼.

마지막으로 너는 어떤 사람이 되고 싶어?
네가 어떤 모습이면 정말로 행복할 것 같아?

어떤 모습이 되고 싶은 지 Guard Line(기준)을 선택해.

그거 면 충분해.

방법은 뒤에서 하나씩 알게 될 거야.

이해하기 쉽도록 앞으로 레슨이 어떻게 진행될지 정리해

줄게.

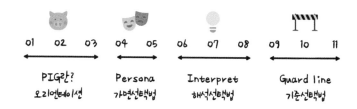

레슨 커리큘럼

지금은 단 하나만 기억해.

돼지는 단 한 마리만 있지 않아.

"더 나은 PIG를 선택해!"

그놈의 "당장 실행"보다
더 효과적인 방법

당장 실행해라?! 시키면 하기 싫다고요.

모든 자기 계발에서 강조하는 단어가 있습니다. "당장 실행!" 모든 책들이 변화하길 원한다면 JUST DO IT 하라고 소리칩니다. 그런데 저는 약간 꼬인 사람이라 그런지 시키면 괜스레 반발심이 생깁니다. 공부하려 할 때 부모님이 "공부해!" 소리치시면 더 하기 싫어지는 심리죠.

인간관계에서도 마찬가지입니다. 아무리 좋은 내용을 읽어도 당장 실행하라고 하면 괜히 거부감이 생깁니다.

그런 제게 마스터가 말했습니다.

마스터의 가르침

당장 실행? 난 그런 거 말하기 싫어.

실행보다 앞선 단계가 있어. 바로 선택이지.

어느 누구도 억지로 하는 일을 좋아하지 않아.

하지만 자기가 선택한 일은 어떻게 든 해내지.

실행할 필요 없어. 그냥 너에게 더 도움이 되는 선택을 해.

너는 지금처럼 누워있는 걸 선택할 수도 있고

일어나 새로운 시도를 선택할 수 있어.

하지만

모든 사람은 언제나 자기에게 더 도움이 되는 걸 선택하지.

나는 너에게 어떠한 일도 시키지 않을 거야.

그저 여러 가지 선택지들을 알려줄 거야.

선택은 네가 하는 거야.

절대 주도권을 빼앗기면 안 돼.

누가 시켜서가 아니라 자신이 원하는 걸 스스로 선택해야
해.

《죽음의 수용소에서》를 쓴 빅터 프랭클은 말했어.

매일 죽음과 마주해야 하는 나치 수용소에서도 나는
자유로웠다.

나는 매 순간 선택할 수 있었기 때문이다.

외부 상황을 선택할 수 없다 해도,

나는 어떤 태도로 그것을 마주할지 선택할 수 있었다.

명심해. 너에게 도움이 되는 일을 선택해.

어떤 누구도 네 자유를 빼앗을 수 없어.

긍정적으로 생각하라? 그 따위 말은 집어넣어.

긍정적으로 생각해!　사실 너무 힘들어,

몸은 너무 힘든데, 마음은 끊임없이 긍정을 외칠 때 불일치가 일어난다

◇◇◇◇◇◇◇

수많은 자기 계발서들이 긍정적으로 생각하라고 말합니다. 사회에서도 긍정적인 생각이 정답처럼 여겨집니다. 하지만 그러지 마세요. 억지로 긍정을 심으면 불일치가 일어납니다. 내 마음은 괴롭고 우울한데 머리는 긍정적으로 생각하라고 말합니다. 그러면 자기 불일치가 일어납니다.

마음과 생각이 일치하지 않으면 사람은 더욱 불안해지고 우울 해집니다. 그러니 억지 긍정은 이제 그만하세요. 마스터의 가르침을 기억하세요.

"나에게 더 도움이 되는 선택을 해라!"

아무 생각 없이 억지로 긍정적으로 생각하지 말고 내게 주어진 선택지들을 먼저 확인해 보세요. 그리고 그중에서 내게 가장 도움이 되는 선택을 하면 됩니다. 여기서 중요한 점은 시키는 대로 하는 게 아니라 스스로 주도적으로 선택한다는 점입니다.

사람은 주도적으로 선택할 때 자신감이 향상되고 만족도도 높습니다. 인간관계에서도 마찬가지입니다. 남들이 하라는 대로 그대로 하지 마세요. 부탁을 받았을 때 그냥 들어주지 마세

더 나은 PIG를 선택하라

요. 당신이 선택해야 합니다.

더 나은 선택을 하세요.

즉시 실행보다, 긍정적인 생각 보다
선택하기가 더 현실적이고 강력합니다.

핵심 정리

01. 빅터 프랭클이 말한 매 순간 할 수 있는 것은 무엇인가?

02. 긍정적인 생각이 방해가 되는 이유는 무엇인가?

03. 오늘 하루 당신이 했던 더 나은 선택을 2가지만 적어보라.

더 나은 PIG를 선택하라

포인트만 잘 잡아도
인간관계 200%는 쉬워진다

잘못된 전제부터 고쳐라

우리는 저마다 인간관계에 관한 믿음이 있습니다. 문제는 잘못된 믿음입니다. 잘못된 전제, 믿음은 인간관계를 어렵게 만듭니다. 저 역시 인간관계에 잘못된 믿음들이 있었습니다. 마스터를 만나고 저는 인간관계를 생각하면 딱 5가지 포인트만 기억합니다.

마스터의 가르침

인간관계 5가지 포인트는 반드시 기억해야 해.

장담하는데, 이 5가지 포인트를 확실히 이해한다면

인간관계 스트레스는 확연히 줄어들 거야.

인간관계 5가지 포인트

1. 당신은 반드시 죽는다.
2. 인간관계는 문제해결이 필요해서 한다.
3. 인간관계는 영원하지 않다.
4. 인간관계 문제 원인은 과한 기대다.
5. 인간관계는 저절로 된다.

이 다섯 가지 포인트에 고개가 끄덕여진다면

더 나은 PIG를 선택하라

당신은 인간관계를 잘하는 사람 일거야.

반대라면? 인간관계로 힘든 게 당연하지.

동의하지 않는다면 다음 장으로 넘어갈 수 없어.

반드시 이해하고 숙지해야 해.

한 번 따라 읽어보는 것도 좋아.

◇◇◇◇◇◇◇

마스터 설명 감사해요.

그러면 다섯 가지 인간관계 포인트를 간략하게 설명해 드리겠습니다.

1. 당신은 반드시 죽는다.

우리는 반드시 죽습니다. 그래서 지금 당장의 삶에 충실해야 합니다. 내 자존감을 갉아먹는 사람에게 시달리며 모욕적인 말을 참기에 인생은 너무나 짧습니다. 인생은 섬광과 같습니다. 눈부시게 빛나다가 순식간에 사라집니다. 이토록 짧지만 아름다운 시간을 겨우 그런 사람 때문에 허비할 것인가요?

세상 가장 아름다운 이야기와 감정들로 꽉꽉 눌러 담기에도 인생은 짧습니다. 눈부신 격려와 건강한 위로, 속삭이는 사랑으로 채우는데 집중하세요.

---

2. 인간관계는 문제해결이 필요해서 한다.

모든 인간관계는 문제해결이 필요해서 합니다. 당신은 다른 사람에게 필요한 사람인가요? 다른 사람의 문제를 해결할 능력이 있나요? 마음 아프지만 당신이 인간관계로 힘들어하고 있다면 그 사람에게 필요한 사람이 아니기 때문입니다.

1. 즉시 답변해야 하는 그룹

2. 나중에 답변하는 그룹

3. 읽고도 답장하지 않는 그룹

그룹이 나누어지는 이유는 필요도의 차이다

더 나은 PIG를 선택하라

카카오톡을 켜보세요. 거기에는 소위 세 부류의 사람이 있습니다. 내가 바쁜 와중에도 답장을 빨리 해야 하는 사람, 나중에 시간 될 때 답장을 해도 되는 사람, 읽고도 답장하지 않는 사람이 있습니다.

왜 이런 분류가 생길까요? 필요도의 차이입니다. 사람은 기본적으로 필요할 때 연락을 하게 됩니다. 필요하다는 말은 그 사람이 가치가 있다는 말이죠. 마스터는 가치를 두 가지로 구분합니다.

가치란 두 가지를 말한다.
정서적인 만족, 실질적인 도움

직장상사는 월급과 회사생활이라는 실질적 도움과 관련되어 있기에 빠르게 답장해야 합니다. 정서적인 만족이 높은 아내의 메시지에도 역시 빠르게 답장합니다.

필요할 때 연락만 하는 사람 때문에 스트레스받는 분들 계시죠? 그건 당연한 일입니다. 필요하니까 연락을 합니다. 반대로 필요하지 않으면 연락하지 않습니다.

그러니 누군가 필요에 의해 내게 연락을 한다면 이렇게 생각해 보세요.

내가 가치 있는 사람이구나!
내게 문제를 해결할 능력이 있구나!

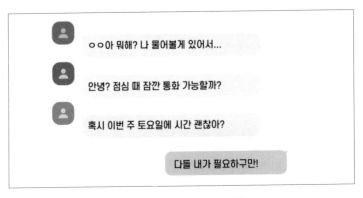

가치가 있으니 연락이 오는 거다

---

3. 인간관계는 영원하지 않다.

인간관계는 문제 해결이 필요해서 한다고 말씀드렸습니다. 그렇기에 필요가 사라지면 인간관계는 자연스럽게 끝이 납니다. 차갑게 느껴지시나요? 하지만 사실입니다. 이혼하는 부부

더 나은 PIG를 선택하라

를 생각해 보세요.

통계청 조사에 따르면 2022년 8월 한 달 사이 8,227쌍의 부부가 이혼을 했습니다. 평생을 사랑하겠다고 다짐한 부부가 복잡한 이혼절차를 겪으면서도 이혼을 합니다.

그런데 당신이 맺고 있는 그 관계가 정말 영원할 거라고 생각하시나요? 영원하지 않습니다.

고향 친구들과 거리가 멀어지는 이유는 나이가 들고 시간이 지나며 만날 필요가 없어지기 때문입니다. 생활수준도 달라지고 관심사도 달라지며 서로에게 가치가 없어졌기 때문이죠. 그렇게 인간관계는 매일 사라지고 또 새롭게 시작합니다. 속상해할 필요 없습니다. 자연스러운 일이니까요.

그래서 인간관계를 계속해서 유지하고 싶다면, 상대방에게 계속해서 가치 있는 사람이 되어야 합니다.

4. 인간관계 문제 원인은 과한 기대다.

기대가 크면 실망도 큽니다. 워렌 버핏도 이렇게 말했습니다.

"부부가 가장 행복하기 위한 제 1 조건은
기대하지 않기다"

상대방은 당신의 기대를 알아차리지 못합니다. 알아서 잘할 거라는 생각은 망상에 가깝습니다. 꼭 원하는 게 있다면 요청할 수 있어야 합니다.

그리고 무엇보다 상대방에게 기대하기보다는 내가 할 수 있는 일을 해주는 것이 더 좋습니다. 바라기만 하는 관계 보다 서로 하나라도 더 해주는 관계가 더 좋은 법이니까요.

5. 인간관계는 저절로 된다.

두 번째 포인트는 "인간관계는 문제해결이 필요해서 한다." 였습니다. 내게 문제해결 능력이 있으면 인간관계는 저절로 된다는 말입니다.

저도 최근 여러 사람들에게 메시지를 받고 있습니다. 부부 관계에 대한 인사이트를 SNS에 올리자 도움이 필요한 사람들이 메시지를 보내옵니다. 제가 그들의 문제를 해결할 능력이 생기자 알아서 연락이 옵니다.

손흥민 선수와 저, 둘 중 누가 인간관계를 맺기 쉬울까요? 당연히 손흥민 선수입니다. 자신의 분야에서 탁월한 성과를 내거나, 다른 사람에게 도움이 되는 사람에게 인간관계는 너무나 쉬운 일이 됩니다.

그러니 인간관계를 잘하기 위해 불필요한 술자리와 인맥에 목메지 마세요. 자신의 가치를 높이는 일이 인간관계를 하는데 더 결정적입니다.

레슨 1에서 배운 걸 기억해 봅시다.

"당신에게 더 나은 선택을 하세요."

인간관계 5가지 포인트 정리

지금까지 인간관계 5가지 포인트를 살펴봤습니다. 생각이 명쾌해지셨나요? 저는 이 5가지 포인트를 처음 들었을 때 머리가 띵했습니다.

다른 사람을 미워하느라 하루를 사용했던 제가 너무나 한심했기 때문이죠. 마음에 들지 않은 친구가 있었는데 이 관계를 깨면 배신자가 되는 것 같아 억지로 맞추기도 했었습니다.

이런 잘못된 전제들을 완전히 부숴버리자 머리가 맑아졌습니다. 저는 지금 제 인생을 더 값지고 찬란하게 할 인간관계에만 집중합니다. 저를 괴롭게 하는 관계는 잘라냅니다. 꼭 맺어야 하는 관계라면 제 가치를 드러내 도움을 주는 역할을 합니다.

이 다섯 가지 전제 중 어떤 전제가 가장 마음에 와닿았을지 궁금합니다.

더 나은 PIG를 선택하라

인간관계 5가지 포인트

1. 당신은 반드시 죽는다.

2. 인간관계는 문제해결이 필요해서 한다.

3. 인간관계는 영원하지 않다.

4. 인간관계 문제 원인은 과한 기대다.

5. 인간관계는 저절로 된다.

핵심 정리

01. 당신이 갖고 있는 잘못된 인간관계 전제를 적어보라.

02. 5가지 인간관계 포인트에서 가장 마음에 와닿는 것은 무엇인가?

03. 다음 빈칸을 채워라.

1. 당신은 반드시 _____다.

2. 인간관계는 _____이 필요해서 한다.

3. 인간관계는 _____하지 않다.

4. 인간관계 문제 원인은 _____다.

5. 인간관계는 저절로 된다.

더 나은 PIG를 선택하라

인간관계를 잘하는 사람들의
3가지 특징

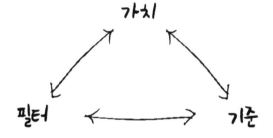

인간관계 잘하는 사람들의 3가지 특징

더 나은 돼지(PIG)를 선택하라

인간관계를 잘하는 사람에게는 3가지 특징이 있습니다. '가치, 필터, 기준'이 분명합니다. 다시 한번 말씀드립니다.

'가치, 필터, 기준'이 분명합니다.

타인의 문제를 해결하고 도움을 줄 수 있는 가치가 분명합니다.

자신의 생각을 올바르게 점검할 수 있는 필터가 있습니다.

마지막으로 인간관계를 맺고 끊는 자신만의 기준이 있습니다.

이 3가지를 간단히 설명해 보겠습니다.

가치를 주는 방법 Persona(가면) 선택법

마스터의 가르침

가치란? 1. 실제적인 도움
2. 정서적인 만족

당신은 다른 사람에게 가치를 제공할 수 있는가?

먼저 이걸 정확하게 해야 해.

가치란, 정서적 만족과 실질적 도움을 말해.

냉정하지만 가치 없는 사람은 인간관계를 할 수 없어.

생각해 봐. 당신에게 아무런 도움도 되지 않고

감정만 지치게 하는 사람을 만나고 싶어? 아니잖아.

성격이 개차반이라 정서적 만족을 주지 못하면
적어도 실질적인 도움이라도 줘야 인간관계를 맺잖아.
아마 마음에 들지 않는 직장상사가 이 부류에 속하겠지.

반대로 딱히 실질적인 도움은 되지 않지만
정서적 만족을 주는 관계도 있지. 고향 친구들이 이런
부류야.

컴퓨터를 잘 하든, 글을 잘 쓰든, 만나면 마음이 편해지든,
잘 웃든.
얼굴이 예쁘든, 유머가 넘치든, 요리를 잘 하든 모든 것이
가치야.

적어도 나이 스물 이상을 살았으면 누구에게나 가치가
있어.

　누구에게나 가치가 있습니다. 정말입니다. 자신을 과소평가
하지 마세요. 차분하게 나에 가치는 무엇인지 생각해 보세요.
정 생각이 안 나면 가족과 가까운 친구에게 물어보세요.

　　　　　　　　　더 나은 PIG를 선택하라

"나 어떤 걸 잘해? 내 강점은 뭘까?"

답장이 오면 '나한테 이런 강점이 있다고?'라며 의심하지 마세요. '내게 이런 강점이 있구나!'하며 감탄하세요. 그리고 그 강점을 발전시키면 됩니다.

앞으로 2부에서는 상대방에게 효과적으로 나의 가치를 전달해 내 가치를 3배 이상 높이는 Persona(가면) 선택법을 배우게 됩니다. Persona - 페르소나는 고대 그리스에서 연극에서 사용한 가면을 말해요.

페르소나에 대해서 짧게 예를 들면 상냥하고 소심한 사람도 무서운 호랑이 가면을 쓰면 용맹하고 대담하게 행동하게 됩니다. 가면이 이 사람 속에 있는 용기를 끌어올려 주었기 때문이죠.

이처럼 2부에서는 상대방에게 전달하고 싶은 가치를 효과적으로 전달하는 가면 선택법을 배우게 됩니다.

머릿속의 필터를 심는 Interpret(해석) 선택법

깨끗한 물을 마시기 위해서는 정수기가 필요합니다. 정수기에는 필터가 있죠. 이 필터가 유해한 물질과 바이러스를 걸러 줍니다. 필터가 없다면? 유해한 물질과 바이러스를 그대로 마시게 되겠죠.

생각도 마찬가지입니다. 우리는 인생을 살아오며 수많은 경험을 했습니다. 늘 좋은 경험만 있었던 건 아니죠. 이런 경험들이 왜곡된 생각들을 만듭니다. 쉬운 이해를 위해 생각 바이러스라고 부르겠습니다.

더 나은 PIG를 선택하라

마스터의 가르침

좀 더 정확하게 말해 누구나 세상을 보는 틀이 있어.
당연한 이야기지. 프레임이라 부르기도 하고 스키마라고
부르기도 해.
그냥 틀이라고 부르도록 하지.

틀 자체는 좋지도 나쁘지도 않지만 문제는 생각
바이러스들이야.

빨간 선글라스를 끼면 온 세상이 빨갛게 물들듯
생각 바이러스는 틀을 엉망으로 만들어 세상을 엉망으로
보게 하지.
조금 어렵게 말하면 왜곡된 생각을 하게 만들어.

왜곡된 틀로 세상을 해석하는데 너무나 익숙해져 있어서
그런 틀이 있는지 조차 알아차리지 못해.

하지만 괜찮아.
생각 바이러스를 파악하고 깨끗하게 하는 생각 필터를
준비해 두었거든.
3부에서 배우게 될 Interpret(해석) 선택법이야.
평소에 오해를 많이 하고 문제를 키우는 성격이라면
엄청난 도움을 받게 될 거야.

세상은 아주 더러운 곳이구만!

◇◇◇◇◇◇◇

　인간관계를 못하는 사람들은 이 필터가 없습니다. 바이러
스로 가득한 상태죠. 얼룩진 틀로 세상을 바라보니 온 세상이

얼룩져 보입니다.

'나 때문이야'라는 얼룩이 묻어 있으면 잘잘못과 상관없이 모두 자기 탓으로 여기게 됩니다. '할 수 없어'라는 얼룩이 묻으면 충분한 능력이 있어도 자신감 없이 뒤로 빼게 됩니다.

왜 바이러스를 해결해야 하는지 이제 아시겠죠?

있는 그대로를 볼 수 있어!

인간관계를 잘하는 사람은 생각의 틀이 필터로 깨끗합니다. 사실을 있는 그대로 볼 수 있고 더 나은 감정과 행동을 선택할 수 있기 때문이죠. 더 나아가 해석을 바꾸는 것만으로도 감정과 행동이 모두 달라집니다. 이 내용들은 3부에서 살펴보도록 하죠.

나를 위한 기준을 세우는 Guard Line(기준) 선택법

초등학생 때 하던 선 넘으면 안돼 놀이

초등학생 때 책상 가운데 선을 긋고 넘어오지 말라고 해보신 적이 있나요? 선이 바로 기준이죠. 선을 넘지 않으면 짝꿍이 무엇을 하든 상관없지만 선을 넘으면 이야기가 달라지죠.

인간관계에서도 나를 보호하고 지키는 기준이 반드시 필요합니다. 내가 생각한 기준이 있어야 상대에게 기분 나쁘다고 말할 수 있습니다. 기준이 없으면 상대가 무례한 행동을 해도 '이게 화를 낼 일일까?' 고민하게 되죠. 그렇게 무시와 무례한 행

더 나은 PIG를 선택하라

동에 익숙해져 마음고생을 하게 됩니다.

그렇다면 어떤 기준을 세워야 할까요?

마스터의 가르침

흔히 인간관계를 생각하면 다른 사람에게 잘 맞춰야
한다고 하지?
정말 한심한 헛소리야.

생각해 봐. 사람들을 만날 때마다 계속 맞추는 사람이 있어.
그 사람은 비위를 맞추기 위해 아등바등하는 사람에
불과해.
그런 사람과 좋은 관계를 맺고 싶어?
인간관계를 잘하기 위해서는
나를 위한 기준을 세워야 해.
관점이 다르지.

더 나은 PIG를 선택하라

자신만의 생각이 있고 당당한 사람,

남 눈치를 보며 어떻게 든 잘 보이려고 전전긍긍하는 사람,

어떤 사람이 되고 싶은 지는 묻지 않겠어.

눈치 보지 않고 내가 원하는 대로 사는 Guard Line(기준) 선택법은 제가 가장 좋아하는 내용입니다. 저 역시 다른 사람에 맞추는 게 미덕인 줄 알았거든요. 그러다 보니 저라는 사람은 없더라고요. 그리고 제가 아무리 애를 써도 사람들은 그걸 당연하게 여기더라고요. 이래서는 안 되겠다 싶었죠.

저 만의 기준이 생기자 오히려 관계가 훨씬 편해졌습니다. 정확하게 거절할 수 있게 되었고 제 요구를 당당히 말하게 되었어요. 관계는 더 명쾌 해졌고 거래하는 사람들도 저를 더 존중하게 되었죠. 이 내용은 이 책의 마지막인 4부에서 살펴보게 될 겁니다.

이제 개념은 잘 잡힌 것 같군.

지금까지 배운 내용을 다시 한번 살펴보자.

인간관계 잘하는 사람에게는 3가지가 있어. 뭐지?

이런,,, 좀 더 집중해 보자고!

가치, 필터, 기준!

그리고 이 3가지를 잘 만들고 세우는 방법이 바로 PIG 선택

이론이야.

돼지는 한 마리가 아니야. 세상에는 수많은 돼지들이 있지.

너에게 가장 효과적이고 너를 행복하게 하고 너를 즐겁게
하는 돼지를 고르면 돼. 모든 건 너의 선택이니까.

더 나은 Persona(가면), Interpret(해석), Guard Line (기준)을
선택해!

핵심 정리

01. 인간관계를 잘하는 사람에게는 3가지가 있다. 무엇인가?

02. 위의 3가지 중 당신이 가장 관심 가는 것은 무엇인지 이유를 적어보라.

03. 당신에겐 돼지 한 마리만 있지 않다. 더 나은 돼지를 선택할 준비가 되었는가? 어떤 기대가 있는지 적어보라.

2부

Persona :
내 가치를 3배 높여
사람들이 찾아오게 하는
가면 선택법

Persona
Interpret
Guard Line

Persona 선택법에 온 모두를 환영해!

2부의 목표는 Persona 리스트를 작성하기야.

레슨 04 ~ 06을 배우며 Persona에 대해 살펴 볼 거야.

배운 내용을 효과적으로 선택할 수 있는 Persona 리스트를

아래에 소개할 게. 어때 무척 흥미롭지?

이 리스트를 작성하기만 해도

당신의 가치는 3배, 아니 10배는 상승할 거야.

내 수강생의 후기인데, 집에서 입고 있는 옷차림만 바꿔도

아내에게 잔소리를 덜 듣고 있어.

또 다른 수강생은 머리를 잘랐을 뿐인데 소개팅 확률이
높아졌어.

어찌 보면 당연한 이야기야.
사람들은 당신이 쓴 가면을 보고 당신을 평가하니까.
겁먹을 필요 없어. 일단 들어가 보자고!

Persona(가면) 리스트

상대에게 이미지를 주고 싶은가요? 또는 어떤 사람이고 싶은가요?

 내용을 입력하세요

Tip. 구체적으로 작성할 수록 좋습니다.

내가 쓰고 싶은 가면
Tip. 당신의 목표와 근접한 사람을 검색해보세요

가면의 이름 :

가면에 대한 설명 :

기본 가치 X Persona = 무한한 가치

Aa	≔ 현재의 나	≔ 가면	≡ 해야할 일
♨ 감정통제			
🐚 전문지식			
🐾 돕는 마음			
😊 외모(청결)			
💇 헤어			
💄 메이크업			
👬 코디			
😄 표정(인상)			
🕴 자세			
💬 말투			
👋 제스처			
😌 여유			
🕯 가치관			
⚡ 경험의 누적			

사람들은 당신이 준 정보대로
당신을 평가한다

사람들은 당신이 어떤 사람인지 알 수 없다.

인간관계를 잘하기 위해서는 Persona(가면) 선택을 잘해야 합니다. 아, 그전에 한 가지 말씀드릴 게 있습니다.

저는 일본 와세다 대학에서 정치심리를 공부했습니다. 한국과 일본의 정치 동향을 읽어주는 팟캐스트를 진행하는데 구독자는 3만 2714명(24.01.19 기준)입니다. 한국에서는 유명하진 않지만 이 팟캐스트로 도쿄 TV 인터뷰를 두 차례 정도 해 일본에서는 인지도가 조금 있는 편입니다.

사실 뻥입니다. 하지만 이 문장 한 단락을 읽으면서 여러분은 제가 정치에 나름 실력이 있다고 생각하셨을 겁니다. 네, 여러분은 제가 선택한 정치전문가 가면을 보고 저를 판단하신 겁니다.

명심하세요. 사람들은 여러분이 어떤 사람인지 알지 못합니다. 그저 여러분이 쓴 가면을 보고 여러분을 판단합니다.

마스터의 가르침

보기 좋게 속아 넘어갔군.

혹시 이건 사기 아니야? 라는 생각이 든다면 맞아.

안유일이 당신에게 사기를 친 거지. 크크

하지만 그만큼 가면의 강력한 힘을 느꼈지?

이제 우리는 사기가 아닌, 가면의 힘을 빌려오는

가면의 효과를 알아볼 거야.

당신은 단순한 텍스트를 읽는 것만으로

안유일이 정치 전문가라고 생각했어.

갑자기 안유일의 가치가 확 높아졌지.

글의 내용만으로 완전히 설득당했다는 거지.

재미있는 법칙을 소개하지.

메라비언의 법칙인데, 대화를 할 때 상대에게 어떤 요소가
설득과 정서에 영향을 미치는지 조사를 했어.

먼저 묻지. 말의 내용? 목소리? 비언어적 요소?
어떤 게 더 영향을 줄까?

정답은 비언어적 요소야!

메라비언의 법칙: 소통에서 느끼는 정서의 비율

비언어적 요소가 55%, 목소리가 38%, 말의 내용은 고작
7%에 불과했지.

SNL 코리아에서 이병헌의 허니 보이스를 본 적 있다면
이해가 될 거야.
허니 보이스 이어폰을 귀에 꽂으면 상대방이 하는 말이
이병헌의 목소리로 들려.

직장 상사가 잔소리를 할 때, 기분이 몹시 상하지만
이 이어폰을 꽂아 이병헌의 목소리로 잔소리를 들으면
오히려 달콤하게 들려. 말의 내용은 똑같지만 목소리가
달랐지기만 해도 의미가 달라지더라고.

자 그래서 결론은 사람은 말보다 눈에 보이는 비언어적
요소에 더 많은 영향을 받는다는 점이야.

가치를 높여 인간관계를 잘하고 싶다면,
자세부터 고쳐 앉아!
꼭 따라서 읽어봐.
"상대는 내가 쓴 가면으로 나를 판단한다!"

마스터의 가르침을 잘 이해하기 위해 하나의 예를 드릴게

더 나은 PIG를 선택하라

요. 길에서 고개를 숙인 채 터벅터벅 걷는 사람을 보면 '안 좋은 일이 있나?' 생각이 듭니다. 반면 허리를 곧게 펴고 웃는 얼굴로 당차게 걸으면 활기차고 믿음직해 보입니다.

상대는 내가 쓴 Persona(가면)으로 나를 판단한다

정재영 배우를 아시나요? 제가 생각할 때 국내 배우 중에 가장 연기 스펙트럼이 넓은 배우라고 생각합니다. 〈지금은 맞고 그때는 틀리다〉에서는 완벽한 찌질남을 연기했고 〈김씨 표류기〉에서는 익살스러운 로빈슨 크루소를 연기했죠. 〈이끼〉에서는 의심스러운 이장역할을 해냈고요.

같은 사람이지만 자기에게 주어진 역할에 맞게 효과적으로 가면을 씁니다. 머리스타일, 옷차림, 표정을 달리하죠.

Persona 선택법은 인간관계에서 상대에게 주고 싶은 나의 가치를 전달하는 최고의 기법입니다. 상대방은 내가 쓴 가면 대로 나를 판단합니다. 내가 신뢰가 높아 보이는 가면을 쓰면 상대는 나를 신뢰하게 됩니다. 내가 귀엽고 장난스러운 가면을 쓰면 상대는 나를 귀엽고 장난스럽게 봅니다.

이제 아시겠나요?

내가 상대에게 어떤 가치를 주고 싶은지에 따라 가면을 선택하면 됩니다!

호주에 살고 있는 션의 형광조끼 실험을 소개하지.

션은 스텝들이 주로 입는 형광조끼를 입고 도전을

시도했어.

단지 형광조끼를 입었을 뿐인데,

영화관과 동물원에 아무 제지 없이 입장했지.

심지어 몇몇 방문객은 션에게 길을 묻기도 했어.

심지어 콜드 플레이 콘서트장에도 들어가 무료로 공연을

즐겼지.

단지 형광조끼 하나만으로 말이야.

스텝의 가면을 쓰니 사람들이 션을 스텝으로 본거야!

형광조끼 실험 : https://url.kr/j6hbxo

명심해.

상대방은 당신이 쓴 가면으로 당신을 판단한다고!

Persona(가면) 선택하기

이 부분은 반드시 읽을 필요는 없어요. 약간 백과사전 같다고 할까요? Persona(가면)의 9가지 구성요소를 이해해야 해요. 제목만 봐도 알 것 같은 건 그냥 넘어가시고 헷갈리는 부분만 읽으시면 됩니다.

1. 눈에 보이는 비주얼 (외모, 헤메코, 표정)

2. 행동으로 바꿀 수 있는 에티튜드 (자세, 말투, 제스처)

3. 눈에 보이지 않는 무드 (여유, 가치관 경험의 누적)

비주얼	에티튜드	무드
외모	자세	여유
헤메코	말투	가치관
표정	제스처	경험의 누적

Persona의 9가지 구성요소

비주얼 1 : 외모

외모는 순식간에 사람의 인상을 결정합니다. 외모가 훌륭한 사람이 연봉도 더 높고 뛰어난 사람으로 평가받는다는 연구 결과도 있습니다. 하지만 외모는 단순이 얼굴의 생김새만을 말하지 않습니다. 체형, 청결 여부도 외모에 매우 중요한 요소입니다.

마이너스가 되는 요소들

특별히 남자에게 청결은 생명입니다. 땀냄새, 비듬, 길게 자란 손톱, 빠져나온 코털, 하얗게 튼 입술은 치명적인 결점이 됩니다.

몸이 지나치게 비대하거나 안쓰러울 정도로 말랐다면 최소한의 노력은 해야 합니다. 자신감 향상과 본인의 건강을 위해서라도 반드시 운동을 해야 합니다. 저도 꽤 마른 편이었는데요. 조금의 노력을 통해 멸치를 벗어날 수 있었습니다.

더 나은 PIG를 선택하라

외모는 플러스 요소보다 마이너스 요소를 줄이는 게 더욱 중요합니다.

초보자에게 추천하는 집에서 하는 하루 1시간 운동 루틴

우선 하루 1분 운동으로 시작을 해보세요. 푸시업을 1개만 해도 되고, 지하철에서 에스컬레이터 대신 계단을 이용해도 괜찮습니다. 아주 작은 것 부터 시작하는게 중요합니다. 저는 1시간 운동 루틴을 갖고 있는데요. 첫 시작은 언제나 스쿼트 5개만 하자로 시작합니다. 제가 루틴을 처음 만들 당시 도움이 되었던 영상들을 아래 남겨 둘게요.

하루 5분이라도 꼭 시도해보세요!

- 스쿼트 100개 챌린지 : https://youtu.be/ngFutDFsehI
- 푸시업 50개 칠린지 : https://youtu.be/tywziCN0UuM
- 집에서 16분 유산소 : https://youtu.be/IXhppj6pwu4

비주얼 2 : 헤메코(헤어, 메이크업, 코디)

상황에 맞는 헤메코는 그 사람의 가치를 더욱 높여줍니다. 중요한 건 상황에 맞는 헤메코입니다. 거래처와 중요한 미팅이 있을 때 몸에 딱 붙은 원피스는 적절하지 않습니다. 아무리 예쁘다고 해도 말이죠.

저는 여러 직업을 경험했는데요. 그때마다 헤어와 코디를 변경했습니다. 이유는 제 가치를 더 높이기 위해 서죠.

전도사 시절에는 몸에 잘 맞는 정장을 갖춰 있었습니다. 넥타이도 꼭 했습니다. 권위와 신뢰라는 가면이죠. 신입 개발자가 되었을 때는 머리를 삭발하고 검은색 무지 티를 즐겨 입었습니다. 개발자로 전문성 있게 보이기 위해서였습니다.

지금은 가벼운 셔츠나 티셔츠에 재킷을 걸칩니다. 자연스럽지만 믿음직한 가치를 주기 위해서죠. 머리도 친근함을 더하기 위해 파마를 했습니다.

더 나은 PIG를 선택하라

전도사　　　개발자　　　부부관계 코치

헤메코의 변화로 원하는 Input을 줄 수 있다.

사진을 보시니 어떠신가요? 같은 사람이지만 헤메코에 따라 주는 이미지가 매우 다르죠? 심리학자 레프코비츠는 옷차림에 따라 신뢰도가 최대 4배 이상 차이나는 실험을 진행하기도 했습니다.

**"헤메코는 가장 효과적인
Persona 선택법이다"**

비주얼 3 : 표정

지금 당장 핸드폰을 셀카모드로 변경해 자신의 표정을 확인해 보세요. 어떻게 보이시나요? 무표정은 생각보다 화가 나 보입니다. 무표정한 사람에게는 섣불리 말을 붙이기 어렵고 완고하고 차가운 인상을 줍니다.

살짝 미소를 띠어보세요. 살짝 미소를 띠는 것만으로도 엄청난 효과가 있습니다.

행복하니까 웃을까? 웃어서 행복한 걸까?

둘 다 맞아.

심리학자 제임스와 랑게는 재미있는 실험을 했어.

두 그룹에게 동일한 책을 읽게 했는데,

입모양의 변화로 감정이 변한다.

A 그룹은 이빨로 펜을 가로로 물게 했지.

웃는 것처럼 입이 양쪽으로 벌어진 상태로 책을 읽게 했어.

B 그룹은 입술로 펜을 세로로 물게 했어.

입모양이 o모양이 되면서 고민하는 듯한 표정으로 책을
읽게 했어.

결과는 어땠을까?

A그룹은 책을 더 재미있다고 말했고 B그룹은 재미없다고
말했어.

얼굴 표정만으로도 감정에 영향을 준다는 사실이 밝혀진
거야!

　　마스터 고마워요. 네, 웃는 표정을 짓는 것만으로도 스트레
스가 감소하고 할 수 있다는 자신감이 생깁니다. 왜 웃는 얼굴
을 선택해야 하는지 이제 아시겠죠? 평소에도 은은한 웃음을
지어보세요. 지금 바로요!

마스터의 가르침

비주얼을 한 마디로 정리하면?

백 번 듣는 것보다 한 번 보는 게 더 낫다!

소개팅에서 저 따뜻해요. 더 상냥해요. 이런 말 할 필요가 없어.

머리에 컬을 주고 파스텔 톤의 카디건을 입으면 돼.

피부는 들쑥날쑥하지 않게 기초화장을 가볍게 하고

은은한 미소를 지으면 따뜻하고 상냥한 이미지를 줄 수 있어

주고 싶은 이지미가 있다면
그에 맞는 가면을 선택하면 돼

◇◇◇◇◇◇◇

에티튜드 1 : 자세

자세는 상대에게 나의 자신감과 신뢰도를 보여주는 가장 효과적인 방법입니다. 미국의 심리학자 마크 무라빈은 자세와 심리의 관련성을 실험했는데 세 그룹으로 나누어 2주간 생활을 하게 했습니다.

A그룹은 등과 가슴을 바르게 피도록 지시했고 B그룹은 긍정적인 기분으로 지내도록 지시했습니다. C그룹은 아무것도 지시하지 않았죠.

2주 뒤 B와 C그룹은 특별한 변화가 없었지만 A그룹은 자신감이 향상되고 기분도 밝게 변했습니다.

"인간관계는 자신감과 크게 관련되어 있다."

더 나은 PIG를 선택하라

마스터의 가르침

몸과 마음은 연결되어 있어.

100% 아주 밀접하게 말이지.

당신이 태도를 바르게 하면 보는 사람도 당신에게 긍정적인

이미지를 갖게 되지만 더욱 중요한 사실은 당신 자체가

변화되는 거야. 자신감이 오르고 기분이 밝아지고 잠도

깨는 효과가 있어.

파워포즈

루저포즈

유명한 파워포즈 이야기를 해볼까?

자, 자리에서 일어서 두 주먹을 허리에 올려보자.

마치 당당한 슈퍼맨처럼 말이지.

이 자세를 2분 정도 취하면

자신감과 관련된 남성호르몬 테스토스테론 수치가 19%

증가하고

스트레스를 만드는 코르티솔 수치가 25% 감소해.

즉 자신감이 높아지고 스트레스는 감소하는 거지.

반면 어깨를 축 쳐지게 하는 루저 포즈를 취하면

테스토스테론은 10% 감소하고 코르티솔 수치는 17%

증가해.

자신감은 떨어지고 스트레스는 상승하지.

당신이 어떤 자세를 선택하느냐에 따라

설득력이 달라지고 호감도가 달라지는 거야

더 나은 PIG를 선택하라

에티튜드 2 : 말투

말의 내용보다는 말투, 목소리가 훨씬 중요합니다. 상대방에게 혹할 만한 내용도 느리고 작은 목소리로 말하면 들리지 않죠. 말투에는 3가지 요소가 있습니다.

말의 3가지 요소

말하는 속도는 감정과 관련되어 있습니다. 신이 나거나 화가 난 것처럼 격양되었을 때는 말의 속도가 빨라집니다. 차분하거나 지쳐있으면 말의 속도는 느려지죠. 즉, 빨리 말하면 감정의 고양감을 느낄 수 있고 느리게 말하면 차분함을 느낄 수 있습니다. 때로, 지루하게 느껴질 수도 있죠.

목소리 크기는 자신감과 관련되어 있습니다. 목소리가 크면 자신감이 찬 인상을 주고 목소리가 작으면 의기소침한 인상을 줍니다. 목소리 크기와 함께 또박또박 말하는 것이 중요합니다.

목소리의 억양은 말의 높낮이인데 집중도와 관련되어 있습니다. 억양이 다채로우면 집중이 잘 되는 반면 단조로우면 집중이 어려워 내용 파악이 어렵죠.

대화를 할 때 어떤 이미지, 정보를 주고 싶은지에 따라 말투를 바꿔보세요. 아래 퀴즈를 풀어보세요. 말투를 선택하는데 큰 도움이 됩니다.

퀴즈 01. 나이가 많으신 대표님에게 발표할 때

　　말하는 속도 ＿＿＿＿, 목소리 크기 ＿＿＿＿, 목소리 억양 ＿＿＿＿

퀴즈 02. 어린아이들에게 동화를 읽어 줄 때

　　말하는 속도 ＿＿＿＿, 목소리 크기 ＿＿＿＿, 목소리 억양 ＿＿＿＿

퀴즈 03. 나의 잘못으로 이성친구가 화가 났을 때

　　말하는 속도 ＿＿＿＿, 목소리 크기 ＿＿＿＿, 목소리 억양 ＿＿＿＿

에티튜드 3 : 제스처

    상대방에게 메시지를 전달할 때 가장 큰 영향을 미치는 요소는 비언어적 요소 즉, 제스처입니다. 제스처를 잘 활용하면 상대의 행동까지 통제할 수 있습니다.

마스터의 가르침

돌발 미션을 내겠다!

길가 벤치에 한 노인이 앉아 있어.

이 노인에게 정중하게 인사를 받으면 미션 성공이야.

할 수 있겠는가?

길가의 노인에게 정중하게 인사를 받아야 한다!

더 나은 PIG를 선택하라

참고로 이 노인은 고등학교 교장선생님까지 하신
학식과 품위가 있는 분이야. 결코 어리숙하지 않아.

이 분에게 정중하게 인사를 받아봐라!

한 번 고민해 보세요. 어떻게 하면 노인 분에게 인사를 받을
수 있을까요? 저는 할 수 있습니다. 간단합니다. 권위와 신뢰를
줄 수 있도록 옷을 잘 차려입습니다. 그리고 자신감 있게 노인
에게 당당하게 걸어가 은은한 미소를 띠우며 천천히 인사를 합
니다.

"어르신, 안녕하십니까?"

제 인사에 노인분도 자신도 모르게 고개를 숙입니다. 간단
한 문제였습니다. 반대로 노인분에게 "저한테 정중하게 인사를
해주세요." 라고 부탁한다고 노인분이 인사를 할까요? 야단 안
맞으면 다행입니다.

많은 사람들이 다른 사람을 통제하려고 애씁니다. 아내가

나에게 상냥하기를, 자식이 내 말을 잘 듣기를, 직장 상사가 날 존중하기를, 고객이 내게 무례하지 않기를 바랍니다. 그러나 잘 통하지 않죠. 반발심만 커집니다.

다른 사람을 통제하지 말고 당신의 제스처를 선택하세요. 팔짱 대신 두 팔을 벌려 환영을 하고, 의자에 기대기보다는 앞쪽으로 몸을 기울여 관심이 있다는 표현을 선택하세요.

테이블 아래 손을 숨기기보다는 테이블 위에 양손을 펴서 가볍게 두어 당신을 받아들이고 있다는 표현을 선택하세요.

아참!
상대방에게 동의한다고, 딱따구리처럼 고개를 흔드는 건 금물입니다!

더 나은 PIG를 선택하라

마스터의 가르침

무드를 들어가기 전에 잠깐!

무드는 무엇일까? 그 사람만의 분위기, 아우라를 말해.

무드는 다른 말로 매력이라고 할 수 있어.

무색무취의 사람과 매력 있는 사람은

똑같은 말을 해도 그 임팩트가 다르지.

무드는 연예인들에게만 있는 거라고?

아니야. 당신도 만들 수 있어.

무드 1 : 여유

너무나 다른 두 팀장의 태도

개발자로 일할 때 꽤 큰 기업으로 파견근무를 간 적이 있습니다. 거기에서 매우 상반된 두 팀장을 만났습니다.

1팀장은 프로그램에 문제가 생기면 바로 소지를 지릅니다. "아이씨 미치겠네! 이거 누구야!" 그리고는 사무실에서 공개적으로 온갖 핀잔을 줍니다. "민수씨 이거 어쩔 거야. 책임질 수 있어?" 1팀 분위기는 늘 싸늘합니다. 팀원들도 매우 조급해 보입니다. 조급하니 실수가 많아집니다.

더 나은 PIG를 선택하라

2팀은 분위기가 다릅니다. 2팀장은 문제가 생기면 조용히 담당자를 부릅니다. "지연씨 잠깐만요. 이런 문제가 생겼는데 한 번 확인해 주세요." 담당자는 문제를 확인하고 이유를 설명합니다. 그러면 2팀장은 말하죠. "그러면 먼저 원상복구 하고 테스트를 다시 해보고 말씀해 주세요."

1팀에게 커다란 사건이 2팀에게는 평범한 일이 됩니다.

그 이유는 여유의 차이입니다.

마음도 체력도 여유가 있어야 담아낼 수 있다

여유는 남아있는 상태를 말합니다. 컵에 여유가 있어야 물을 더 넣을 수 있습니다. 1팀장의 마음에는 이미 물이 가득 차 있고, 2팀장의 마음에는 여유가 있습니다.

그렇다면 어떻게 여유를 만들 수 있을까요? 두 가지 방법을 소개합니다.

1. 체력을 길러야 합니다. 스스로의 몸을 잘 다룰 수 있어야 주변도 돌볼 수 있습니다. 바쁘다 바빠 현대사회에서 여유를 갖기 위한 첫 번째 조건은 누가 뭐라 해도 체력입니다.

2. 한 번에 한 가지 일 하기입니다. 우리 뇌는 동시에 여러 작업을 하지 못합니다. 중요한 작업이면 더욱 그렇죠. A프로젝트를 하다가 B프로젝트를 할 때 뇌는 스위칭 과정을 겪습니다. 이때 뇌는 많은 에너지를 소모합니다. 그러니 업무도, 감정도 한 번에 하나씩 해야 합니다. 한 번에 하나의 일에 집중하기, 지금 만나는 사람에 집중하기가 여유를 만듭니다.

무드 2 : 가치관

분위기 있는 사람은 자기만의 고유한 생각이 있습니다. 이런 생각들이 모여 가치관을 이룹니다. 가치관은 매우 큰 매력 요소입니다.

더 나은 PIG를 선택하라

근육질과 잘생긴 외모를 가진 남성은 멋집니다. 그런데, 자기 생각이 없으면 대화가 재미없습니다. 금방 질리게 되죠. 반면 마른 몸매에 그리 아름답지 않은 외모의 남자라도 자기 생각이 있으면 대화가 재밌습니다. 근육보다 가치관이 울퉁불퉁해야 합니다.

나만의 생각, 정의가 있어야 한다.

가치관을 세우는 방법은 어렵지 않습니다. 가치관은 세상을 바라보는 나만의 관점을 말합니다. 나의 생각을 하나씩 글로 표현해 보세요. 나는 누구인지, 나는 인생을 왜 살고 있는지, 돈은 무엇인지, 사랑은 무엇인지 나의 생각을 말하고 표현해 보세요.

나의 생각들이 모여 나의 가치관이 됩니다.

그래서 제 가치관은 무엇이냐고요? 쑥스럽지만 말해볼게요.

행복해지는 생각, 대화법, 행동을 알려주어
저를 만나는 모든 부부들이 행복하게 만들고 싶습니다.

이 책도 제 가치관을 실현하는 일이고요.
이제 당신도 당신의 생각을 적어보세요!

무드 3 : 경험의 누적

긍정 습관　　　　　　　　긍정적인 무드

경험의 누적이 쌓여 무드가 만들어 진다.

　　　　　　　더 나은 PIG를 선택하라

사람이 갖고 있는 특유한 분위기, 아우라는 경험이 누적된 결과물입니다. 흔히 그런 이야기 들어 보셨나요?

사나운 도사견도 개장수가 나타나면 오줌을 지리며 두려워한 다고요. 개장수의 누적된 경험이 이런 아우라는 만드는 것이죠.

어려운 일이 닥쳐도 더 나은 선택을 시도하는 사람에게는 밝은 무드가 느껴집니다. 반면 매사에 불평불만을 많이 하는 사람에게는 특유의 답답한 분위기가 나오죠.

개발자로 일할 때 MBTI를 검사해보면 이성적인 T성향이 나왔어요. 실제로 대화도 사실관계를 중요하게 여겼죠. 개발하는 경험이 성격과 분위기에 영향을 미친거죠.

지금은 MBTI 검사를 해보면 감성적인 F성향이 더 강하게 나옵니다. 사실보다는 사람에 집중하고 관계에 더 민감하게 반응합니다. 부부관계 교육 경험이 제 분위기를 만든거죠.

여러분은 어떤 분위기를 가진 사람이 되고 싶나요? 작은 경험부터 만들어보세요.

마스터의 가르침

가브리엘 코코 샤넬이 한 말을 해주고 싶어 등장했다.

**20대의 당신의 얼굴은 자연이 준 것이지만
50대의 당신의 얼굴은 스스로 가치를 만들어야 한다.**

얼굴을 보면 성격이 나온다는 말, 정말 맞는 말이야.
당신은 지금 어떤 경험을 만들고 있지?
그 경험이 당신의 분위기를 만들 거야.

다행인 것은 우리는 언제나 선택할 수 있다는 거지.
원하는 무드가 만들어질 수 있는 경험을 선택하길 응원할
게.

더 나은 PIG를 선택하라

Persona 선택법을 마치며

어떤 자질을 원한다면

이미 그 자질을 갖고 있는 것처럼 행동하라

– 윌리엄 제임스

제가 가장 좋아하는 심리학자의 말입니다. 저도 처음 강의를 나갔을 때 무척이나 두렵고 떨렸지만 프로 강사의 가면을 선택했죠. 그래서 머리부터 발끝까지 프로 강사인척을 하니 글쎄 강의를 끝내주게 하고 왔어요.

행복한 아내가 되고 싶은신가요? 먼저 행복한 아내처럼 행동하면 됩니다. 사업에서 좋은 성과를 내고 싶으신가요? 성과를 낸 사업가처럼 행동해보세요.

꼭 기억하세요.

상대방은 당신이 쓴 가면으로 당신을 판단합니다.

01. 상대는 내가 쓴 _____으로 나를 _____한다!

02. Persona 9가지 요소가 무엇인지 적어보라.

03. 9가지 요소 중 가장 인상 깊었던 요소는 무엇인가?

더 나은 PIG를 선택하라

당신은 무엇이 되고 싶은가?
사기꾼 vs 전문가

기본 가치 × Persona = 무한한 가치 ∞

당신은 무엇이 되고 싶은가요? 사기꾼? 전문가? 당연히 전문가겠죠. 이런 질문을 하시는 분도 있을 겁니다. 저는 가정 주부인데요? 제가 전문가가 될 필요가 있나요? 당연히 전문가가 되어야죠.

자녀에게 그저 그런, 어머니가 되실 건가요? 남편과의 관계가 사랑은 개뿔 정으로 사는 관계가 되실 건가요? 당연히 자녀에게는 사랑 많고 존경받는 어머니가 되어야 하고 남편과는 사랑이 넘치는 관계가 되고 싶지 않으세요? 계속해서 말씀드립니다. 당신은 선택할 수 있어요.

앞서 Persona 선택법을 살펴봤습니다. Persona 선택법은 여러분의 가치를 높여주는 놀라운 기법이죠. 그런데 반드시 자신만의 가치가 있어야만 합니다. 0에 100을 곱해도 0입니다. 장담하건 데 Persona 선택법은 당신의 가치를 최대 10배 이상 높여줄 수 있습니다.

그렇다면 기본적으로 갖춰야 할 기본 가치는 무엇일까요?
딱 3가지만 기억하세요. 감정통제, 전문지식, 돕는 마음입니다.

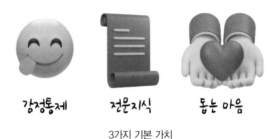

감정통제　　전문지식　　돕는 마음

3가지 기본 가치

감정 통제

자주 욱하는 사람, 작은 일에도 눈물을 흘리는 사람, 자기 화를 통제 못하는 사람과는 인간관계를 맺기 힘들죠. 감정통제를 잘하면 좋다는 거 알지만 그게 가능한지 의문이 드시죠? 누구나 감정 통제를 할 수 있습니다. 마스터의 이야기를 들어볼까요?

마스터의 가르침

너 똑바로 안해?!
이게 대체
몇 번째야!!

호호호
안녕하세요 선생님.
어쩐 일이세요?

당신은 감정을 통제할 수 있다.

아이에게 화가 난 엄마를 생각해 볼까?

"너는 대체 왜 그 모양이니!" 소리를 지르며 화를 내는데

전화가 울려. 확인해 보니 아이 담임 선생님인 거지.

"흠흠"

엄마는 목소리르 가다듬고 우아하고 차분하게 전화를
받아.

"어머 선생님~ 안녕하세요. 어쩐 일 이세요?"

어느 누구도 당신을 화나게 만들 수 없어.

어떤 누구도 당신을 슬프게 만들 수 없어.

단지 당신이 화나기로 슬프기로 선택했기 때문이야.

감정에 대한 책임은 다른 사람이 아닌 자신에게 있어!

물론 정말 화가 나는 순간도 있어요. 순간 욱할 때도 있죠.
그런데 감정통제를 할 줄 아는 사람은 여기서도 선택지를 생각
해요. 버럭 소리를 지르며 욱한 마음을 표현할지, 숨을 한번 크
게 쉬고 잠시 호흡을 고를지 선택할 수 있어요.

반복적으로 하는 말입니다. 돼지는 단 한 마리만 있지 않아
요.

당신은 더 나은 돼지를 선택할 수 있어요.

더 나은 PIG를 선택하라

감정은 당신이 아닙니다.

화가 나도 상냥하게 말을 할 수 있고 속상해도 하던 일을 마저 끝낼 수 있어요. 감정 자체를 없애라는 말이 아닙니다. 감정은 정말 중요하죠. 다만 그 감정을 어떻게 표현하고 행동할지는 언제나 당신이 선택할 수 있어요.

당신은 언제나 더 나은 돼지를 선택할 수 있어요.

전문 지식

지식? 문제를 해결할 수 있는 능력!

기본 가치 두 번째는 전문 지식이에요. 지식은 문제를 해결할 수 있는 능력을 말해요. 인간관계 포인트 2번을 기억하시나요?

인간관계는 문제해결이 필요해서 한다.

가까운 친구가 위중한 병에 걸렸어요. 다정하고 친절하지만 실력 없는 의사와 성격은 개차반이지만 실력 하나는 끝내주는 의사가 있어요. 누구에게 수술을 받으실 건가요? 당연히 후자입니다.

재미없는 착한 개그맨은 아무도 찾지 않아요. 노래 못하는 마음씨 고운 가수는 가수가 아니죠. 공감은 잘하지만 법률 지식이 부족한 변호사? 누가 그런 사람을 찾겠어요.

가족도 친구도 회사도 엄밀히 말하면 마찬가지예요. 200만 원 버는 아내보다는 500만 원 버는 아내가 더 좋고, 라면도 못 끓이는 남편보다는 요리 잘하는 남편이 더 좋죠.

우리 솔직해지자고요.

제가 다니던 회사의 CTO님은 이런 말씀을 하셨어요.

더 나은 PIG를 선택하라

능력 없는 착한 동료가
세상에서 가장 나쁜 동료다.

그러니 커뮤니티와 모임에 쫓아다니며 잘난 사람들 눈도장을 받으려고 애쓰지 말고 문제해결 능력을 키우는데 돈과 시간을 쓰세요. 당신에게 문제 해결 능력이 생기면 사람들이 알아서 찾아옵니다.

어떤 누구도 전문가를 쉽게 대할 수 없거든요. 최소한 당신이 사랑하는 사람들의 문제를 해결할 능력은 반드시 갖춰야 합니다.

돕는 마음

나로 인해 공동체가
더 나아지길 바라는 마음

기본 가치 세 번째는 돕는 마음입니다. 말 그대로 먼저 손을 내미는 마음이에요. 앞서 의사 이야기를 다시 꺼내 생각해 보자고요. 누가 뭐라 해도 실력도 좋고 마음씨도 좋은 의사가 최고 아니겠어요?

마스터의 가르침

돕는 마음은 인간관계를 넘어 성공에도 매우 중요한
조건이야.

애당초 돈을 번다는 건 다른 사람의 문제를 해결한
대가이니까.

직장인은 자신의 지식과 시간으로 회사의 경영문제를
해결하지.

그 대가로 월급을 받는 거고.

운동선수들은 자신의 체력과 기술로 관중들에게 즐거움을
선사하지.

즐거움을 많이 줄 수록 몸값이 높아지는 거고.

사업가는? 자신의 타깃이 되는 고객의 문제를 해결함으로 돈을 벌지.

**나로 인해 세상이 더 나아지고
다른 사람의 문제를 해결하는 마음이 있는 사람만이
제대로 돈을 벌 수 있는 거야.**

지금 이 순간도 당신은 선택할 수 있어요. 제 이야기가 좋은 인사이트로 느껴질 때 가까운 사람에게 전달하는 마음을 선택할 수도 있고, '이건 나만 봐야 해!'라며 나만의 일기장에 적어 놓을 수도 있죠.

돕는 마음, 받고 싶은 마음 어떤 마음을 선택하시겠어요?

사기꾼인가? 전문가인가?

더 나은 PIG를 선택하라

마스터의 가르침

기본 가치 × Persona = 무한한 가치

당신이 사기꾼이 되지 않으려면 반드시 기본 가치를 갖춰야 해.

3가지 기억하지?

감정통제, 전문지식, 돕는 마음

평범한 직장인도, 학생도, 전업주부도,

이 3가지를 잘 선택하면 인간관계는

물론 성공을 이루는데도 큰 도움이 될 거야.

다만 이 3가지가 없으면,

당신이 아무리 Persona 선택법을 사용해도
당신의 최종 가치는 거품이 잔뜩 낀 0이 될 거야.

난 당신이 그런 사람이 아니라고 믿어.

Persona 선택법을 먼저 사용했다면,
진정 그런 사람이 되도록 집중하는 당신을 응원해.

더 나은 PIG를 선택하라

01. 기본가치 3가지를 적어보고 당신이 가장 발전시키고 싶은 요소를 적어보라.

02. 현재 당신이 발전시켜야 할 전문지식은 무엇인가?

03. 어떤 사람이 돈을 잘 버는지 적어보자. 그리고 당신은 돈을 벌만한 사람인지 생각해 보라.

과제 01
Persona 리스트로 당신의 수준을 업그레이드하라

내 가치를 3배 이상 높이는 Persona 리스트 작성방법

Persona 리스트를 작성하는 방법을 설명드리겠습니다. 무척 신나는 시간이 될 거예요.

Persona 리스트 작성 순서

---

1. 상대에게 어떤 정보, 이미지를 주고 싶은 지 작성합니다.
2. 내가 생각한 정보, 이지미와 가장 가까운 가면을 찾습니다.
3. 나와 가면을 비교하고 내가 해야 할 일을 작성합니다.

꼭 템플릿이 있을 필요는 없습니다. 노트에 작성해도 아무 문제없습니다. 저는 편의상 노션 템플릿을 사용하겠습니다. 여러분이 편하게 사용하실 수 있도록 노션 템플릿과 구글 독스, PDF 다운로드 링크까지 준비했으니 자유롭게 사용하시면 됩니다.

더 나은 PIG를 선택하라

예시를 하나 들어보겠습니다. 창업 동아리 발표를 맡은 대학생 민정양을 예시로 들어보겠습니다. 민정양은 발표 경험이 많지 않아 걱정입니다. 하지만 다행히 민정양은 PIG선택이론을 알게 되었죠. 그래서 Persona 리스트를 작성합니다.

01. 상대에게 어떤 정보, 이미지를 주고 싶은가요?

발표를 깔끔하게 진행하지만 젊은 패기가 느껴지고 똑 부러지는 느낌을 주고 싶다. 청년 창업 동아리라 무거운 느낌보다는 젊지만 확신에 차 있고 믿을 만한 이미지면 좋을 것 같다. 무엇보다 자신감이 느껴졌으면 좋겠다.

멋진 문장으로 적을 필요 없습니다. 막연해도 좋으니 내가 어떤 이미지로 보이고 싶은 지 적으면 됩니다. 내가 원하는 목표가 세워져야 목표를 기준 삼아 선택할 수 있으니까요.

02. 내가 쓰고 싶은 가면

01번에서 작성한 내가 주고 싶은 이미지를 갖고 있는 가면을 찾습니다. 드라마 속 주인공도 좋고 실존하는 인물 이어도 상관없습니다. 민정양은 어떤 인물을 가면으로 삼았을까요?

> 드라마 스타트업에서 수지가 연기한 삼산텍 CEO 서달미
> 해커톤 대회에서 피칭하는 모습

- 스타트업 드라마에서 서달미 피칭 : https://url.kr/hsf54r

민정양은 드라마 속 인물을 가면으로 삼았습니다. 네, 이제 가면을 정했으니 Persona 선택법을 사용해 요소 하나하나를 선택하는 일 만 남았습니다.

03. 나와 가면을 비교하고 해야 할 일 작성하기

앞서 배운 Persona 9가지 요소와 기본 가치를 확인합니다. 현재 나의 상태를 상·중·하로 나누고 나의 특징을 작성합니다. 그다음 가면에서 닮고 싶은 요소들을 작성합니다. 마지막으로 나와 가면의 차이를 메꾸기 위해 해야 할 일들을 작성합니다.

말로만 들으면 이해하기가 쉽지 않죠? 그래서 예시를 아래 직접 작성해 보았습니다.

더 나은 PIG를 선택하라

(예시1) Persona(가면) 리스트

상대에게 이미지를 주고 싶은가요? 또는 어떤 사람이고 싶은가요?

🎯 발표를 깔끔하게 진행하지만 젊은 패기 가 느껴지고 똑부러지는 느낌을 주고 싶다. 청년 창업 동아리라 무거운 느낌 보다는 젊지만 확신에 차 있고 믿을 만한 이미지면 좋을 것 같다. 무엇 보다 자신감이 느껴졌으면 좋겠다

Tip. 구체적으로 작성할 수록 좋습니다.

내가 쓰고 싶은 가면

Tip. 당신의 목표와 근접한 사람을 검색해보세요

가면의 이름 : 드라마 스타트업에서 수지가 연기한 삼산텍 CEO 서달미

가면에 대한 설명 :

- 해커톤에서 대표 서달미가 3분 스피치를 하는 장면
- 피칭의 정석이라 불리는 영상
- 유튜브 :https://www.youtube.com/watch?v=AzIhz0kE8SA&t=1s
- 디글 - 삼산텍 CEO 수지의 갓벽한 3분 피칭

기본 가치 X Persona = 무한한 가치

Aa	현재의 나	목표	해야할 일
감정통제	중 작은 일은 크게 신경쓰지 않는 편	현상유지	-
전문지식	중 업무에 대한 이해도는 높음	상 업무이해도를 넘어 시작...	시장과 트렌드에 대한 공부
돕는 마음	하 내 일만 하면 됨	상 팀을 위해서 무릎도 꿇는 ...	프렌젠테이션 내용 공유 스터디 만들기
외모(청결)	중 개인적으로 관리하고 있음	상 수지!!	현 상황에 만족
헤어	중 머리 자른지 6개월 정도 지남 부스스하게 뜬 머리	상 깔끔한 앞머리 집중도를 높이는 뒤로 묶...	정돈된 머리 발표시 머리 묶기
메이크업	중 눈 화장이 진함 강한 화장	상 스타트업 대표 다운 젊은 ...	현재 화장에서 조금 더 단정하게 바꾸기
코디	중 무거운 발표가 아님으로 세미로 입음	현상유지	포인트를 하나 넣기
표정(인상)	하 표정이 매우 굳어 있음 발표모습녹화	상 여유있는 모습 담담한 표정	발표모습 녹화하며 표정 연습
자세	하 흐느적 거리는 자세	상 당당한 자세 곧게 핀 허리	발표모습 녹화하며 자세 연습
말투	하 끝이 불명확함 발음이 부정확함	상 명확한 딕션 끝이 강조	대본 암기 후 발음 연습
제스처	하 제스처가 거의 없음 지루해보임 포인트를 못잡음	상 포인트 때 손을 뻗음 머리와 배 사이에서 손동작	서달미 영상을 보며 제스처 포인트 잡기
여유	하 외운 대본을 읽기에 급급함	상 질문을 던질 정도의 여유	대본 확실하게 외우기
가치관	중 주어진 업무에만 집중함	상 드라마 속에서 늘 도전하... 자기 의견을 정확하게 표현	내가 어떨 때 행복한지 적어보기
경험의 누적	중 아침에 영어공부 하고 있음	상 밤에도 대표 업무 수행을 ...	해당 업무에 대한 공부 필요

더 나은 PIG를 선택하라

마스터의 가르침

사람들은 왜 더 나은 선택을 하지 못할까?

더 나은 선택지를 모르기 때문이야.

어떻게 하면 더 효과적일지, 더 설득력 있어 보일지,

더 자신감 있는 모습일지 모르니까 선택을 못하지.

Persona 리스트를 작성하면 여러 가지 선택지가 생겨.

이게 Persona 리스트를 작성하는 이유야.

사람들은 자신이 무엇을 원하는지 조차 잘 몰라.

느낌은 지식이 아니거든. 글로 적거나 말로 표현해야

지식이야.

그러니 먼저 내가 어떤 이미지를 주고 싶은 지 적고
그에 해당하는 가면, 어떻게 보면 레퍼런스를 찾으면 돼.

그 후 나와 가면을 비교하며 내가 할 수 있는 선택지를
늘려.

**더 나은 선택 방법을 찾는 것이 Persona 리스트의 핵심
이다.**

(예시2) Persona(가면) 리스트

상대에게 이미지를 주고 싶은가요? 또는 어떤 사람이고 싶은가요?

🎯 아내에게 존경받는 남편, 아내와 사이 좋은 남편, 아내를 많이 사랑하는 남편, 행복한 남자,
작은 일에도 기뻐할 줄 알고 가족에게 감사할 줄 아는 사람.

Tip. 구체적으로 작성할 수록 좋습니다.

내가 쓰고 싶은 가면

Tip. 당신의 목표와 근접한 사람을 검색해보세요

가면의 이름 : 가수 지누션의 션

가면에 대한 설명 :

- 자타공인 좋은 남편, 좋은 아빠
- 신선한 남편 출연
- 모든 남편들의 공공의 적
- 유튜브 : https://www.youtube.com/watch?
  v=nBkOHqWTYHE&t=1s

더 나은 PIG를 선택하라

기본 가치 X Persona = 무한한 가치

Aa	현재의 나		목표		해야할 일
감정통제	하	작은 일에도 쉽게 욱함	상	감정 통제의 끝판왕	감정을 통제할 수 있음을 매일 기억하기
전문지식	하	전공분야 지식이 부족함	상	한국힙합에 큰 영향을 미침	매일 독서와 글쓰기 2시간씩
돕는 마음	중	주변 사람들을 잘 돌봄	상	기부천사	주변 사람들 뿐만 아니라 사회기부
외모(청결)	하	매우 말랐음 튼 입술 / 콧털이 나와있음	중	깔끔함	입술보호제 수요일까지 구매 / 콧털제거기 수요일가지 구매 / 매일 푸시업 50개 하기
헤어	하	덥수룩한 머리	중	단정하고 깔끔한 머리	일요일에 머리 자르러 가기
메이크업	하	거친 피부	중	정돈된 피부톤	세수 후 로션 바르기 / 면도날 새로 구입
코디	하	집에서 목 늘어난 반팔티 / 무릎나온 추리닝	중	깔끔한 트레이닝 복 가디건	아내와 함께 옷 구매하기
표정(인상)	하	자주 인상을 씀 무표정	상	미소띤 얼굴 편안한 눈매	의식적으로 웃는 연습하기 / 안경 새로 구입
자세	상 허리를 바로 펴고 올곧은 자세		상		-
말투	중	부정확한 발음 / 큰 목소리 적당한 말 속도	상	또박또박한 목소리 / 의견이 대립되면 아내 말이 맞다	발음연습 / 아내 의견을 최우선으로 존중하기
제스처	하	동작이 지나치게 큼 / 머리를 자주 끄덕거림	중	손 동작 절제 / 고개를 두 번 정도만 끄덕임	아내에게 제스처를 확인해달라고 하기
여유	하	자주 피곤해 신경질이 많음	중 작은 일에 쉽게 흔들리지 않음		체력 기르기 하나에 집중하기
가치관	하	주대 없는 말을 많이 들음	중 나만의 의견을 갖고 이야기함		정의 내리기 연습
경험의 누적	하 혼자 있으면 계속 누워 있음 / 아무것도 하지 않음		중 아내를 기쁘게 할 생각을 함 / 자기 발전을 함		매주 편지 한 번씩 써보기

사람은 무의식 중에 '외모'에 좌우됩니다. 외모는 얼굴 생김 새뿐만 아니라 옷차림, 태도, 표정 분위기의 종합이죠. 모든 사 람은 당신이 쓴 가면 대로 당신을 판단한다는 사실을 꼭 기억 하세요.

원하는 가면을 쓰세요! 가면이 가지고 있는 힘을 사용하세요. 그리고 더 나은 선택을 하세요.

Persona 리스트 작성하러 가기

- Persona 리스트 예시 및 작성 양식 다운로드 받기

    (노션, 구글 독스, PDF 형식으로 다운로드 받으실 수 있습니다.)

더 나은 PIG를 선택하라

핵심 정리

01. Persona 리스트가 주는 강력한 인사이트는 무엇인가?

02. 가면을 바꾸는 것으로 달라진 점은 무엇인가?

03. Persona 리스트를 작성하고 인쇄하면 더욱 효과적이다.

Persona
Interpret
Guard Line

3부

Interpret :
놀라운 비밀,
감정을 마음대로 조절하는
해석 선택법

Persona
Interpret
Guard Line

마스터의 가르침

Interpret(해석) 선택법까지 오다니 제법이군. 칭찬해!
3부를 들어가기 전에 하고 싶은 이야기가 있어 등장했어.

카페 아르바이트를 하는 시완씨 이야기를 하나 해보려 해.
시완씨는 진상 손님 때문에 꽤나 큰 스트레스를 겪었어.
그런데 매우 우연하게도 진상 손님 대부분이 50대 중년
여성들이었지.

50대 여성들을 보면 시완씨는 생각해.
'오늘은 어떤 무리한 요구를 하려나?', '또 무슨 갑질을
당할까?'

이런 생각은 시완씨의 마음을 불편하게 만들고
매우 큰 스트레스를 줘. 숨이 턱턱 막혀오지.

50대 여성 ⇨ 진상 ⇨ 마음이 불편하다 ⇨ 숨이 막히다
(반 복)

이런 흐름이 반복되면 생각이 자동화되어
50대 여성을 보는 것만으로도 숨이 턱 막히게 되지.
이런 걸 자동화 사고라고 불러.

자동화 사고가 당신에게 밝고 활기찬 경험을 준다면
좋겠지만 그렇지 않은 경우들이 많지.

시완씨는 이렇게 말할 거야.

"50대 여성을 보면 그냥 숨이 막혀요. 어떻게 선택할 방법이
없어요."

시완씨의 말에 매우 큰 공감이 돼.
하지만 분명히 선택할 수 있어.

더 나은 PIG를 선택하라

자동화된 생각을 알아차리면
그에 따른 감정(불편함)과 몸의 반응(스트레스)을 바꿀 수
있거든.

당신도 이런 자동화 사고가 많을 거야.

인사 안 하는 후배를 보면 미친 듯이 화가 나거나
떼쓰는 아이를 보면 숨이 턱턱 막힐 수 있지.
턱을 드는 습관이 있는 사람을 보면 마음이 불안해고
삐에로를 보면 두려움을 느낄 수도 있어.

이제 막 태어난 아이에게 좋은 것과 나쁜 것은 없어.
그 기준은 모두 부모와 사회에서 배우거나 경험으로 생긴
거야.
절대 바꿀 수 없는 진리는 아니야!
똥은 더럽다고 생각하지만 생각의 전환으로
고양이 똥을 커피로 먹고 코끼리 똥을 종이로 만들기도
하잖아!

말이 길었다. 딱 한 마디만 더 할게.

셰익스피어의 작품 속에서 햄릿을 말했어.

　세상에는 좋은 것도 나쁜 것도 없다.
　다만 생각이 그렇게 만들 뿐이다.

이제 생각을 선택하는 해석 선택법을 배우게 될 거야.
언제나 기억해.

더 나은 돼지(PIG)를 선택하라!

팩트는 바꿀 수 없다.
그러나 '해석'은 바꿀 수 있다

그 상황이 나를 힘들게 하는 게 아니다.

비오니까 우울해....

차분하니 참 좋다^^

같은 상황 다른 반응

어떤 날씨를 좋아하세요? 저는 비 오는 날을 좋아해요. 내리는 비를 보면 마음이 차분해지고 편안함을 느껴요. 빗소리를 들으며 책을 읽고 싶어 지네요. 반면 제 친구는 비 오는 날을 싫어해요. 왠지 우울해져 하루 종일 집 밖으로 나가지도 않죠.

저와 친구 모두에게 똑같은 비가 내렸어요. 그런데 우리의 생각과 행동은 다르죠. 왜 그럴까요? 해석이 달랐기 때문이에요.

생각, 행동, 감정은
서로 긴밀하게 연결되어 있어요.

생각 – 감정 – 행동은 연결되어 있다.

한 가지 예를 더 들어볼게요. 일을 마치고 돌아온 남편이 기분 좋을 때 아내 A는 이렇게 해석해요. "저 인간 왜 저렇게 기분이 좋아? 바람피운 거 아니야?" 아내 A의 기분은 급격히 상하고 남편에게 추궁하듯 따져 물어요. 남편은 이에 짜증을 내고 부부 사이는 냉랭해져요.

아내 B는 기분 좋은 남편을 보고 생각해요. "기분이 좋아 보이네?

더 나은 PIG를 선택하라

즐거운 일이 있었나?" 아내 B의 기분은 밝아지고 남편에게 따스하게 말을 건네요. 남편은 있었던 일을 이야기하고 부부 사이는 더 좋아집니다.

벌어진 상황, 사건 자체는 당신의 감정과 행동에 어떤 영향도 주지 못해요. 모든 것은 당신이 해석한 결과이죠. 위에 예를 다시 생각해 보세요. 해석의 차이로 감정이 달라지고 행동이 달라져요. 더 나아가 남편과의 관계도 달라지죠.

해석에 따라 감정이 달라지고
관계의 방향도 달라집니다.

수많은 인간관계가 오해에서 시작된다.

혼자만의 생각 오류로 감정이 상하고 관계가 악화된다.

횡단보도에서 친구를 봤는데 친구가 인사를 하지 않고 지나갔어요. 순간 당신은 이 상황을 해석해요. "나한테 화난 게 있나?", "쟤는 왜 나를 무시하지?" 하지만 친구는 딴생각을 하다 당신을 못 봤을 뿐이에요. 분명한 오해임에도 당신은 친구에게 불만을 품어요. 나중에 친구를 만났을 때 툴툴대거나 친구를 미워하게 되죠.

해석만 바꿔도 관계는 완전히 달라진다.

반대로 같은 상황에서 "바쁜가 보네? 내가 먼저 인사할 걸"라고 상황을 해석하면 당신의 감정과 행동은 완전히 달라집니다. 다른 해석을 선택했을 뿐인데 말이죠.

인간관계에 어려움을 겪는 사람들에게는 잘못된 해석, 관계를 망

더 나은 PIG를 선택하라

치는 해석인 생각 바이러스가 가득합니다. 이 바이러스들은 끊임없이 오해를 만들고 수많은 편견들을 만듭니다. 그리고 관계를 망치죠.

이 바이러스들을 물리치기 위해서는 먼저 어떤 바이러스들이 있는지 잘 알아야 합니다. 그리고 관계를 개선할 수 있는 생각필터를 적용해야 하죠. 그건 다음 레슨을 통해 배우게 될 겁니다. 다음 레슨을 시작해 볼까요?

01. _____, _____, _____은 서로 긴밀하게 연결되어 있다.

02. 친구와 여행을 가기로 했는데 약속 시간 1시간이 지나서야 친구가 도착했다. "많이 늦었지! 정말 미안해…" 당신은 이때 어떤 해석을 선택할지 적어보라.

03. 당신이 한 해석은 당신에게 어떤 감정을 느끼게 하는가? 그리고 어떻게 행동하게 만들지 적어보라.

당신이 꼬인 이유는 당신 탓이 아니라 바이러스 탓이다

머릿속에 있는 바이러스를 잡아라

어둠의 최면술사 극단적인 체스 마스터 부정적인 독심술사 절망의 예언자 고집스러운 토론자

인간관계를 망치는 5가지 생각 바이러스

인간관계를 망치는 5가지 생각 바이러스가 있습니다. 이 바이러스들은 왜곡된 해석을 만들죠. '나는 꼬인 인간이야…'라고 자책하실 필요 없어요. 당신 탓이 아니거든요.

당신이 살아온 경험, 만나온 사람들 때문에 머릿속에 자리 잡은 바이러스 때문이에요. 이 바이러스는 충분히 치료할 수 있어요.

이를 인지심리학에서는 인지왜곡이라고 말해요. 인지왜곡이란 현실과 사실을 받아들이는 데 있어 잘못된 판단을 하는 오류를 말합니다.

인지왜곡의 종류는 10가지가 넘어요. 그중에서 인간관계에서 자주 발생하는 5가지 오류를 이해하기 쉽게 바이러스로 표현했어요. 그러면 바이러스와 그 치료법을 살펴볼까요?

인간관계를 망치는 5가지 생각 바이러스
① 어둠의 최면술사
② 극단적인 체스 마스터
③ 부정적인 독심술사
④ 절망의 예언자
⑤ 고집스러운 토론자

① 어둠의 최면술사

나는 할 수 없어...
내가 그렇지 뭐,

어차피 안돼!
다 나 때문이야..

어둠의
최면술사

생각 바이러스 1. 어둠의 최면술사

첫 번째 바이러스는 어둠의 최면술사입니다. 어둠의 최면술사는 당신에게 계속해서 어두운 최면을 걸죠. 주로 이런 내용의 최면을 걸어요.

나는 안돼

다 나 때문이야

내가 그렇지 뭐

한계는 정해져 있어

노력해 봐야 안돼

나 따위가 할 수 있을까?

어둠의 최면술사는 끊임없이 최면을 걸어 결국 더 나쁜 선택을 하게 만듭니다. 아주 무시무시한 녀석입니다. 그렇다면 어둠의 최면술사를 어떻게 하면 이겨낼 수 있을까요?

더 나은 PIG를 선택하라

마스터의 가르침

방법은 간단해 반대로 최면을 걸어!

나는 안돼 → 나는 할 수 있어

다 나 때문이야 → 다 나 때문은 아니야

내가 그렇지 뭐 → 내가 뭐 어때서

한계는 정해져 있어 → 한계는 없어

노력해 봐야 안돼 → 시도라도 해보자!

나 따위가 할 수 있을까? → 나 정도면 할 수 있어!

어둠의 최면술사를 만나면 3가지 생각을 해봐.

1) 이 최면이 내게 도움이 되는가?

2) 부정적인 면에 집중해 놓친 긍정적인 면을 확인해 보자.

3) 내 인생이 부정적인 최면으로 가득하기를 원하는가?

적용 새로운 일을 도전하려는 데 어둠의 최면술사가 최면을
건다. "네가 할 수 있을까? 넌 못해. 어차피 금방 포기할걸?
네가 노력해도 아무도 알아주지 않을 거야." 자, 배운
내용으로 어둠의 최면술사를 물리쳐보자!

더 나은 PIG를 선택하라

무조건 둘 중 하나야.
선택지는 둘 뿐이야!

완벽하지 않으면
망한거야!

극단적인
체스 마스터

생각 바이러스 2. 극단적인 체스 마스터

두 번째 바이러스는 극단적인 체스마스터입니다. 체스에는 흑과 백이 대결하는 게임이죠. 체스마스터는 이렇듯 모든 상황을 오직 두 가지로만 구분합니다.

성공 아니면 실패야

좋은 거 아니면 싫은 거지

우리 편 아니면 적이야

착한 거 아니면 나쁜 거야

좋아하는 거 아니면 미워하는 거야

그래서 너 생각은 뭔데? 확실히 정해!!

체중조절을 열심히 하다가 어느 날 저녁에 회식을 했을 때 극단적인 체스마스터는 속삭입니다. "야 다 망했어, 운동해서 뭐 하냐. 끝났어."

여자친구 생일 파티를 준비했는데 준비한 수제 케이크가 늦게 도착한다는 메시지를 받았을 때 극단적인 체스마스터는 속삭입니다. "차라리 생일 파티를 취소하는 게 나아, 케이크가 없다. 망했어."

친구들과 약속을 잡는데 재범이가 다른 친구들과 선약이 있어 참석을 못한다는 메시지를 받았을 때 체스 마스터는 속삭입니다. "재범이는 우리 친구가 아니야. 쟤는 다른 애들 친구지. 우릴 좋아하는 게 아니라니까?"

쉴 새 없이 편 가르기를 하고 모든 것을 이분법적으로 나누는 극단적인 체스마스터! 어떻게 대처해야 할까요?

더 나은 PIG를 선택하라

마스터의 가르침

이 세상에 완벽한 검정과 완전한 하얀색은 없어.

오히려 수많은 회색들이 존재하지.

아주 밝은 회색부터 아주 어두운 회색까지 수많은 회색이
존재해.

새하얀 색이 아니어도 좋아.

밝은 회색이면 충분하지 않아?

새까만 색이 아니어도 좋아.

짙은 회색이면 충분하거든.

극단적인 체스마스터가 속삭일 때는 이렇게 대처해 봐.

1) 이 상황이 정말 그렇게 나쁘기만 할까?

2) 내가 원하는 색에 가까워지기 위해선 뭘 할 수 있을까?

적용

오랜만에 해외여행! 들뜬 마음으로 공항에 도착했는데 탑승 시간이 2시간 딜레이 되었다. 극단적인 체스마스터가 속삭인다. "이번 여행은 망했어. 시작부터 개판이잖아. 이러니 즐거울 수 있겠어?"

자, 배운 내용으로 극단적인 체스마스터를 물리쳐보자!

더 나은 PIG를 선택하라

③ 부정적인 독심술사

날 싫어하는거야
분명히 떠보는 거야.

부정적인
독심술사

완전 무시하고 있네?
부정적인 내 부탁은
안들어줄 걸?

생각 바이러스 3. 부정적인 독심술사

세 번째 바이러스인 부정적인 독심술사는 다른 사람의 속마음을 알고 있다고 '착각'하게 만듭니다. 착각과 느낌은 사실이 아닙니다. 그럼에도 착각에 빠진 사람은 자신의 느낌을 사실로 여기고 행동합니다.

딱 표정 보니 마음에 날 싫어하나 보네

느낌이 쌔- 한 거 보니 나한테 불만이 있나 보네

약속 취소하는 걸 보니 나한테 삐졌나 보네

최근 상담한 한 분의 이야기를 들려 드릴게요. 20대 여성분이 셨는데 인스타를 하다가 중1때 영화 얘기를 하며 친했던 친구를 찾게 되어 팔로우를 했습니다. 그리고 메시지도 보냈는데 답장이 없더군요. 이때 부정적인 독심술사'가 속삭였습니다.

"답이 없는 걸 보니 내가 실수한 게 있어서 화가 난 거 같아.

화가 났나 봐. 내가 뭘 잘 못 한 거지? 어쩌면 좋지?"

이 생각에 완전히 사로잡혀 하루 종일 불안해하시더라고요. 부정적인 독심술사 어떻게 대처해야 할까요?

마스터의 가르침

느낌은 사실이 아니야.

우리는 애당초 마음을 읽을 수가 없거든.

다른 사람의 마음을 알고 있다는 느낌이 든다면

단단히 착각에 빠졌다는 사실을 깨달아야 해.

위에 20대 친구에게는 이렇게 이야기를 해주었어.

그 친구는 바빴을 수도 있고 옛날 사람들과 거리 두고 싶을

수도 있어.

일어나지도 않은 일을 사실로 여기면서 걱정하지 않아도 돼.

친구가 당신이 잘못한 게 있다고 말하면 그때 가서 용기

있게 사과해.

지금은 좋아하는 사람들과 행복한 기억 남기기에 집중하는
건 어때?

다른 사람의 마음을 알았다고 생각한 순간 이렇게 대처해 봐.

1) 나에게 상대의 마음을 읽는 초능력이 정말 있는가?
2) 느낌은 사실이 아니야.
3) 불편한 느낌 때문에 걱정이 되면 차라리 직접 물어봐.

적용

회사 면접이 있는 날! 그런데, 면접관들의 표정이 밝지 않다.
이때, 부정적인 독심술사가 속삭인다. "면접관은 너를
루저라고 생각하고 있어. 면접시간을 시간 낭비로 여기고
있잖아?"
자, 당신이라면 이제 어떻게 하겠는가?

더 나은 PIG를 선택하라

평생 솔로로 살게 될거야..
가난에서 평생 벗어나지 못 할거야..
노력해봐야 아무 소용 없을 거야..
우리 부부는 매일 싸우면서 지낼거야..
이 울울함에서 벗어나지 못할거야..

절망의
예언자

생각 바이러스 4. 절망의 예언자

미래를 미리 예측하는 능력을 가진 사람을 예언자라고 합니다. 우리 머릿속의 네 번째 바이러스인 절망의 예언자는 소설이나 영화에 있을 법한 예지능력이 당신에게도 있다고 착각하게 만듭니다.

주로 이런 절망적인 예언들을 많이 하죠.

평생 가난에서 벗어나지 못할 거야.
공황장애는 절대 치료되지 않을 거야.
우리 부부는 매일 싸우면서 지낼 거야.

난 평생 이렇게 밖에 못 살 거야.

평생 남 뒤치다꺼리만 하다 살게 될 거야.

한 가지 놀라운 이야기를 해 드릴게요. 이건 정말 비밀인데
요. 당신에게는 예언하는 능력이 정말로 있어요.

당신의 예언은 실제로 이루어집니다.

왜 그런 지는 마스터께서 설명해 주실 거예요.

더 나은 PIG를 선택하라

마스터의 가르침

예언은 일종의 해석이야.

앞으로 현실이 어떻게 될 것인지 해석하는 일이지.

앞서 배운 거 기억나?

해석과 감정 행동은 긴밀하게 연결되어 있다는 거.

당신이 "난 해도 안 될 거야"라고 예언을 하면

어떤 감정이 들까? 무기력하고 우울해지겠지.

그러면 어떻게 행동할까? 하긴 뭘 해. 아무것도 안 하겠지.

결국 당신의 예언이 성취되는 셈이지!

예언
(생각) ————— 감정 ————→ 태도

절망의 예언자가 귓가에 어두운 미래를 속삭이면
희망의 예언자를 불러서 밝은 미래를 속삭여 봐.

나는 더 나은 미래를 살게 될 거야
병에서 회복되어 건강한 삶을 살 거야
우리 부부는 나날이 사랑이 깊어질 거야
난 내가 원하는 대로 살 수 있어
내가 원하는 일을 하며 행복하게 살 거야

이 보다 조금 더 좋은 건, '미래에 이렇게 될 거야'라고
예언하기보다 현재형으로 이야기하는 게 더 효과적이야.

'이렇게 할 거야!'라고 말하면
우리 뇌는 "아 귀찮은데.."라고 생각하거든.

뇌가 거부할 수 없게 지금 당장 그렇게 살아봐.

더 나은 PIG를 선택하라

그러면 네 감정과 행동이 달라지고 정말 원하는 삶을 살게 될 거야.

바로 이렇게!

나는 어제보다 더 나은 오늘을 살고 있어

내 병은 회복되고 있고 나는 더 건강 해졌어

우리 부부는 나날이 사랑이 더 깊어져

나는 내가 원하는 대로 살고 있어

내가 원하는 일을 하며 행복하게 살고 있어!

절망의 예언자가 나타나면 3가지 질문으로 물리치도록 해.

1) 나쁜 일이 생길 거라는 상상이 내게 도움이 되는가?

2) 예언이 일어날 충분한 사실적 근거가 있는가?

3) 일어날 예언이라면 희망의 예언이 더 좋다.

예언은 예고 없이 찾아오지 않는다.

오늘의 당신이 만들어낸 내일이다.

적용

당신의 첫 소개팅은 처참하게 망했다. 다시 소개팅이
잡히자 절망의 예언자가 속삭인다. "넌 평생 소개팅은 성공
못할 거야." 소개팅 상대가 마음에 드는데도 망설여진다. 자
어떻게 할 것인가?

더 나은 PIG를 선택하라

⑤ 고집스러운 토론자

생각 바이러스 5. 고집스러운 토론자

마지막 바이러스인 고집스러운 토론자는 매우 치명적인 바이러스입니다. 무조건 자신이 옳다고 여기죠.

자신이 틀렸다는 건 절대 용납하지 못해요. 개인적으로 가장 피곤한 바이러스입니다. 고집스러운 토론자는 이런 말을 입에 달고 삽니다.

네가 뭘 알아?

내가 누군인 줄 알아?

내 말이 맞으면 어떻게 할래?

이거 봐. 이래도 내 말이 안 맞아?
에이~ 그건 아니지
잘 들어봐

벌써 숨이 막히네요. 고집스러운 토론자는 대화를 싸움으로 여깁니다. 상대방의 말에 동의를 하면 자신이 졌다고 생각하죠. 고집스러운 토론자가 머릿속에 가득 차 있다면 어떻게 해야 할까요?

마스터 도와주세요!

더 나은 PIG를 선택하라

마스터의 가르침

인생은 토론장이 아니야.
그리고, 당신이 고집스럽게 이겼을 때,
무엇을 얻는지 생각해 봐.

지적 우월감? 이겼다는 환희? 그게 얼마나 갈지
모르겠지만
당신이 확실하게 잃은 게 있어. 바로 관계야.

나는 옳고 너는 틀렸어라고 논리(정말 논리적인 지도
의문이지만)로 상대를 굴복시키면 당신은 승리감에
기뻐할지 모르겠지만 상대는 패배감과 좌절감을 느끼고
당신에게 반감을 갖게 돼.

생각해 봐.

사랑하는 사람, 지인과 대화에서 이겼다는 느낌을 갖기

위해 관계를 잃는 행동을 하고 싶어?

관계에서는 옳고 그름보다 감정이 더 중요하거든.

무엇보다. 당신도 틀릴 수 있어.

틀리는 건 부끄러운 일이 아니야.

틀린 걸 인정하지 않고 고집부리는 거야 말로 정말 창피한

일이지.

고집스러운 토론자가 자기주장만 한다면 이렇게 대처해 봐.

1) 내가 정말로 옳은가? 나도 틀릴 수 있다.

2) 내가 옳다고 증명되면 무엇을 얻는가?

3) 대화에서 이기는 게 상대와의 관계보다 중요한가?

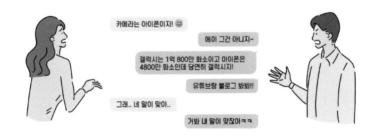

고집스러운 토론자의 예시

더 나은 PIG를 선택하라

여자/남자 친구가 말했다. "셀카는 아이폰이지!" 그러자 고집스러운 토론자가 속삭인다. "어떻게 봐도 갤럭시 스펙이 훨씬 뛰어난데 무슨 소리야? 당장 설득시켜." 자 어떻게 할 것인가?

바이러스를 방치해서는 안된다

지금까지 인간관계를 망치는 5개의 생각 바이러스를 살펴봤어요. 바이러스는 절대 혼자 활동하지 않습니다. 점점 커져가며 당신의 생각을 더욱 왜곡시키죠. 그러니 바이러스를 발견하면 대처법을 통해 바로 치료해야 해요.

바이러스들만 잘 잡아도 당신을 괴롭게 했던 오해와 갈등

이 해결됩니다. 혼자 끙끙대던 고민도 이제 안녕이죠! 당신 잘못이 아니라는 점 꼭 말씀드리고 싶었습니다. 모두 저 바이러스 녀석들 때문이죠. 그러니 우리는 바이러스에 무기력하게 당하지 말고 더 나은 선택을 해보자고요!

핵심 정리

01. 다섯 가지 바이러스의 이름을 적어보자.

① 어둠의 _____

② 극단적인 _____

③ 부정적인 _____

④ 절망의 _____

⑤ 고집스러운 _____

02. 당신을 가장 괴롭게 하는 바이러스를 적어보자.

03. 그 바이러스 때문에 겪었던 일을 적어보고 대처법을 사용했다면 어떤 변화가 있었을지 적어보자.

생각 필터를 끼면
선택지가 다양해진다

어두운 방을 밝히는 단 하나의 생각 필터

솔직하게 양심선언 합니다. 머릿속에 바이러스가 가득 차 있다면 바이러스가 차 있다는 사실조차 알아차리지 못합니다. 바이러스는 생각 이상으로 강력합니다. 바이러스의 속삭임에 길들여져 있기에 대처법을 사용하기도 전에 이미 게임을 끝났습니다.

더 나은 PIG를 선택하라

어두운 방을 상상해 보세요. 여기에는 당신과 쥐 한 마리가 있습니다. 쥐는 쉴 새 없이 당신을 공격하죠. 생각만 해도 싫네요. 제가 당신에게 쥐를 잡을 수 있는 덫, 딱총, 스프레이들을 선물해 주었어요. 그런데 문제는 방이 어두워요. 쥐가 어디에 있는지도, 쥐를 물리칠 무기도 어디에 있는지 알 수 없어요.

이 모습이 우리의 모습이에요. 이때 어떻게 해야 할까요? 바로 불을 켜야죠! 지금 알려드릴 생각필터는 어두운 방의 불을 켜는 역할을 해요.

불을 켜면, 쥐는 깜짝 놀랍니다. 잠시 공격을 멈추게 되죠. 이때 쥐의 공격을 피할 수도 있고 무기로 공격을 할 수도 있어요! 그러면 이 생각 필터는 대체 무엇일까요?

나는 더 나은 선택을 할 거야.

바로 이 문장이 생각 필터야.

너무 간단하다고? 맞아.
이 책에서 가장 핵심적인 메시지이고 이미 많이 들었을
거야. 그런데 이 안에는 꽤나 깊은 심리기법들이 들어 있어.

간단히만 설명해 볼 게.

나는
이 말로 주도권을 갖게 되는 거야.

다른 사람이 시켜서, 어쩔 수 없이,
나도 모르게 이런 말들은 주도권을 빼앗지.

어느 누구도 남이 시킨 일은 하고 싶지 않아.
자신이 선택한 일을 하고 싶어 하지. 이게 바로 주도권이야.

너도 아니고 저 사람도 아니고 나야. 내가 하는 거야.

더 나은 선택

하나의 방법만 있지 않고 여러 개의 선택지가 있음을
기억하는 거야.
자동화 사고를 막는 가장 좋은 브레이크지.
바이러스는 다른 선택지들을 차단시키거든.
자기가 속삭이는 대로 당신이 행동하고 움직이길 원하지.
그때 끽 -!

브레이크를 거는 거야.
빠르게 달릴 때는 보이지 않았지만 멈춰보면
작은 오솔길도 있고, 바다로 가는 길도 있어.

매몰된 생각에서 빠져나오게 하는 말이 더 나은 선택이야.

할 거야

희망의 예언인 거 눈치챘지? 거기에 현재형이야.
나중에 하는 게 아니야 지금 하는 거지.

나중에 달리기를 할 거야 백날 외쳐도 달리기 하는 날은
오지 않아.
뇌는 이 귀찮은 일을 어떻게든 미룰 거든. (뇌는 상당히
게을러)
지금 달리기 할 거야라고 외치면 뇌는 놀라!
"어? 지금 한다고? 그러면 준비를 해야겠네?" 하고 말이지.

"나는 더 나은 선택을 할 거야."

이제 이해가 되었지?
지금 당장 적용해 봐. 카톡이 왔을 때,
이웃 주민을 마주쳤을 때, 사랑하는 사람과 다퉜을 때,
가만히 누워있는데 불안감이 찾아올 때.

바이러스들이 움직이기 전에 불을 켜버려!

더 나은 PIG를 선택하라

핵심 정리

01. 내 마음을 밝히는 생각 필터를 적어보라.

02. 생각 필터를 언제 적용할 수 있을지 생각해 보자.

03. 오늘 당신의 일정을 생각해 보고 생각 필터를 적용해 보자. 어떤 변화가 있는가?

과제 2

Interpret 리스트로
즉시 더 나은 생각을 선택해라!

바이러스 잡고 바이러스 고치고 새롭게 행동하기

Interpret(해석) 리스트는 바이러스를 잡는 아주 훌륭한 도구입니다. 우선 바이러스를 잡기 힘든 이유부터 알아보겠습니다.

자동화 사고

자동화 사고 때문이에요. 예를 들어 보죠. 일본을 생각하면 화가 나는 사람들이 있습니다. 저도 그래요. 그런데 이 화가 그

더 나은 PIG를 선택하라

냥 난 건 아니거든요. 처음에는 일제강점기 때 한 일본의 만행들을 보며 화가 났어요.

거기에 사과를 하지 않는 현재의 태도에도 분노하죠. 거기에 자꾸 독도가 자기 땅이라는 우기고 전범기업들의 뻔뻔한 태도에 화가 납니다. 분명 이유가 있는 화였어요.

그런데 이 생각이 자주 반복되다 보니 이유를 생각하지 않고 일본을 떠올리면 그냥 화가 납니다. 자동화 사고가 만들어진 거죠.

바이러스를 잡기 힘든 이유는 바이러스가 속삭인 말에 우리가 너무나 자주 넘어갔기에 의식하지 못하는 순간에도 바이러스의 통제를 따르기 때문이에요. 자, 그러면 어떻게 바이러스를 고치고 새롭게 행동할 수 있을까요?

1. 생각 필터로 생각을 잠시 멈춘다! "나는 더 나은 생각을 할 거야!"
2. 그리고 Interpret 리스트를 작성합니다!

Interpret 리스트를 작성하는 이유는 바이러스를 발견하는 아주 중요한 도구이기 때문이에요. 거기에 바이러스를 대처하고 새로운 생각을 만드는데 아주 유용하죠.

앞서 기억나시죠? 같은 사건도 해석에 따라 감정과 행동이 달라져요. 바이러스가 머릿속에 심은 해석 말고, 더 나은 해석을 선택함으로 밝은 감정과 도움이 되는 행동을 할 수 있어요. 이걸 도와주는 도구가 Interpret 리스트입니다. 그러면 저와 함께 작성해 볼까요?

생각 구조를 살짝 맛보자

사람이 상황을 인식하는 방법을 이해해야 해요. 마스터? 이제 도와주실래요?

더 나은 PIG를 선택하라

마스터의 가르침

좋아 지금부터 설명해 보도록 하지.

생각은 이렇게 진행되지.

1. 사건이 발생한다.

2. 사건을 해석한다.

3. 해석의 결과로 감정, 행동, 신체가 변한다.

예를 들면 이런 거야.

1. 남편이 기분 좋다. (있는 그대로의 사실)

2. 바람 핀 건가? (해석)

3. 기분 나빠 (감정), 추궁하듯 말한다. (행동), 심장이 빨리

뛴다. (신체)

그래서 Interpret 리스트는 이렇게 작성할 거야.

1. 사건을 있는 그대로 작성한다.
2. 사건을 해석한 내용을 적는다.
3. 해석의 결과 (감정, 행동, 신체)를 적는다.

여기 까지는 내 생각을 알아차리는 단계야.
그다음이 중요해. 내 해석 속에 숨겨진 바이러스를 찾는
거야.
그리고 우리가 배운 대처법을 활용해서 새로운 해석을
만드는 거지.

4. 새로운 해석을 적는다.

그리고 새로운 해석으로 인한 새로운 결과를 작성하는
거야.

5. 새로운 결과를 적는다.

더 나은 PIG를 선택하라

정리해 볼게. 그리고 바로 작성한 예시를 볼 거야.
설명보다는 눈으로 보는 게 훨씬 빠르니까!

Interpret 리스트 작성방법

1. 사건을 있는 그대로 작성한다.

2. 사건을 해석한 내용을 적는다.

3. 해석의 결과 (감정, 행동, 신체)를 적는다.

4. 새로운 해석을 적는다.

5. 새로운 결과를 적는다.

작성하는 이야기는 저와 함께 해 볼 게요.

1. 사건 기록

사건 기록에는 벌어진 사건을 작성해야 해요. 내 느낌 감정
은 모두 빼야 하죠. 우선 제대로 된 설명을 하기 위해 예시를
하나 만들게요. 부부의 결혼 기념일입니다. 모처럼 근사한 식
당을 예약했죠. 아내는 먼저 도착했어요. 그런데 남편에게 문
자가 왔어요.

"정말 급한 일이 생겨서 빨리 처리하고 갈게 미안해. 조금만 기다려줘." 이 문자가 오고 1시간 뒤 남편이 땀을 뻘뻘 흘리며 도착했어요. "정말 미안, 많이 기다렸지?"

자, 이제 아내의 입장에서 Interpret 리스트를 작성해 보겠습니다.

📠 남편과 결혼기념일을 맞아 저녁 식사를 예약했다. 남편이 회사 일로 1시간 늦었다.

중요한 점은 사건 그 자체만 작성해야 한다는 점입니다. 위에는 매우 잘 작성했는데요. 대부분은 이런 식으로 작성합니다.

📠 남편과 결혼기념일을 맞아 저녁 식사를 예약했는데 남편이 늦었다. 정말 짜증나 죽겠다. 심지어 1시간이나 늦었다. 남편은 나와의 관계보다 회사 일이 더 중요한 것 같다.

이 글은 사건 기록이 아니라 일기장 같은데요? 생각 바이러스가 가득 찬 글입니다. 반드시 사실 정보만 적어주세요.

2. 자동화 해석

자동화 해석에서는 사건을 겪었을 때 든 생각을 적어요. 솔직한 자기 마음을 적습니다. 말도 안 되는 어리광도 상관없어요. 중요한 점은 감정이 아니라 이 사건을 겪었을 때 내가 어떻게 해석했는지를 적어야 해요.

- 결혼 기념일도 제대로 못챙기는 걸 보면 남편은 나를 사랑하지 않는다.
- 남편은 나와의 시간 보다 회사 일을 더 중요하게 여긴다.
- 나는 평생 행복한 결혼기념일을 만날 수 없을 거야.
- 나는 세상에서 제일 불행한 여자야.

매우 잘하셨습니다. 남편이 늦었을 때 한 생각, 해석을 잘 작성하셨어요.

3. 결과

사건을 해석한 결과를 작성해요. 결과는 4가지로 구분 지어 작성합니다. 감정, 행동, 신체변화, 관계의 변화 이렇게요. 감정은 옆에 점수를 적어 감정의 크기를 표현할 수 있어요. 내 감정을 정확하게 이해하는 건 매우 중요한 일입니다.

🩶 **감정 (0에서 100점으로 표현)**
- 비참하다 90점
- 억울하고 속상하다 40점
- 화가 난다 70점
- 외롭다 60점

🗡 **행동**
- 남편을 노려봤다
- 컵을 세게 내려 놓았다
- 더 이상 대화를 하지 않았다

💪 **신체변화**
- 심장이 빠르게 뛰었다
- 식욕이 사라졌다.
- 목이 말랐다.

👥 **관계의 변화**
- 🔥 남편과 다툼을 했고 그 이후 아직 대화를 하지 않는다

이렇게 결과를 작성해야 내 감정을 제대로 이해할 수 있어요. 아내분은 화도 많이 나지만, 식당에서 1시간이나 기다렸다는 사실에 비참함을 크게 느끼셨군요.

더 나은 PIG를 선택하라

여기까지는 벌어진 사건입니다. 우리의 목표는 더 나은 선택입니다. 이미 벌어진 사건을 교재 삼아 새로운 선택을 할 수 있도록 연습을 해야 합니다.

4. 새로운 해석

새로운 해석 단계에서는 기존의 해석 속에 숨어있는 생각 바이러스를 잡는 시간을 가집니다. 그리고 우리가 배운 대처법을 사용해 새로운 해석을 만들어 내는 일이죠. 작성한 예시를 살펴보시면 쉽게 이해가 되실 겁니다.

- 결혼 기념일도 제대로 못챙기는 걸 보면 남편은 나를 사랑하지 않는다.

  부정적인 독심술사 나는 남편의 마음을 알 순 없어. 이건 나만의 착각이야.

- 남편은 나와의 시간 보다 회사 일을 더 중요하게 여긴다.

  극단적인 체스마스터 정말 급한 일로 늦을 수도 있지. 약속을 늦었다고 나 보다 회사를 더 중요하게 여기는 건 아니야.

- 나는 평생 행복한 결혼기념일을 만날 수 없을 거야.

  절망의 예언자 그렇지 않아 아주 우연히 급한 일이 생겼을 뿐이야.

- 나는 세상에서 제일 불행한 여자야.

  어둠의 최면술사 그렇지 않아. 단지 1시간 기다렸을 뿐인걸? 차라리 카페에 가 있을 걸 그랬어.

- 남편은 급하게 일을 마치고 달려왔어. 힘들었겠다.
- 얼마나 걸릴지 물어볼걸 그랬어. 오래 걸리면 카페에 가있을걸
- 남편의 마음도 얼마나 조급했을까? 고생 많았겠네

- 기다리는 시간 동안 서점이라도 다녀올 걸 그랬어
- 저렇게 미안해 하는데 괜찮다고 말해줄걸 그랬어

내 생각 바이러스를 잡고 대처법을 사용해 새로운 해석을 만듭니다. 어떠세요? 새로운 해석을 읽어보니 마음이 한결 따뜻해지고 가벼워지지 않나요?

---

5. 새로운 결과

새로운 해석은 어떤 결과를 만들어낼까요? 상상을 하면서 작성해 보세요. 그리고 이전의 결과 비교해 보세요.

🖤 **감정 (0에서 100점으로 표현)**
- 남편이 안쓰럽다 80점
- 남편을 더 사랑한다 30점
- 여유롭다 60점
- 기대된다 50점

🎯 **행동**
- 남편에게 고생했다고 말한다
- 기다리면서 있었던 일을 말한다
- 저녁 식사를 맛있게 한다(배고프니 더 맛있다)

더 나은 PIG를 선택하라

💪 신체변화

- 호흡이 안정된다
- 편안하다
- 어깨가 으쓱하다

👥 관계의 변화

🔥 남편과 결혼을 함께 축하했고 남편은 미안하다며 내게 더 다정하게 대했다. 남편과 더 가까워졌다.

어떤 가요? 완전히 달라진 관계를 발견할 수 있습니다. 같은 사건을 어떻게 해석하느냐 에 따라 관계는 완전히 달라집니다. 오늘 하루 있었던 일을 작성해 보세요. 이런 훈련이 쌓이면 언제 든 생각 바이러스를 물리치고 더 나은 선택을 할 수 있게 됩니다.

당신도 더 나은 선택을 할 수 있습니다. 지금 바로 Interpret 리스트를 작성해 보세요!

- Interpret 리스트 예시 및 작성 양식 다운로드 받기

  (노션, 구글 독스, PDF 형식으로 다운로드 받으실 수 있습니다.)

01. Interpret를 직접 작성해 보라.

02. 아래 두 문장의 빈칸을 채워보라.

바이러스를 잡기 어려운 이유는 _____ 사고 때문이다.

같은 사건을 어떻게 _____ 하느냐에 따라 관계는 완전히 달라진다.

03. 일어난 일이 아닌 벌어질 사건을 염두하고 작성해보는 것도 매우 효과적이다. "중요한 면접, 소개팅, 긴장되는 대화" 상황을 염두한 채 작성해 보라.

Persona
Interpret
Guard Line

4부

Guard Line :
눈치 보지 않고
내가 원하는 대로 사는
기준 선택법

Persona
Interpret
Guard Line

마스터의 가르침

드디어 마지막 4부야

여기까지 온 당신을 진심으로 환영하고 축하해.

이제 마지막 단계야.

한 가지 묻고 싶어.

"왜 인간관계를 잘하고 싶은 거야?"

4부는 이 질문에 대한 나의 대답이야.

행복이라고 답하려 했지? 반은 맞고 반은 틀려.

정확한 답을 알려줄 게

"내가 행복하기 위해서야."

다른 누구도 아닌 내가 행복하기 위해서야.
그러려면 내가 무엇을 좋아하고 싫어하는지 알아야 해.
내가 무엇을 중요하게 여기고 그렇지 않은지를 알아야 해.

그것들이 나를 보호하고 행복하게 해주는 기준이 될 거야.
그 기준을 이 책에서는 Guard Line이라고 부를 거야.

가드 라인

안전을 위해서 접근을 막는 차단봉을 생각하면 좋아!
그러면 4부 바로 시작해 보자고!

더 나은 PIG를 선택하라

살다 보니 이렇게 되었어
vs
나는 이렇게 살기로 했어

당신의 인간관계에는 목적이 있는가?

'인간관계 목적이라니? 너무 계산적인 거 아니야?'라고 생각하실 수 있겠지만 인간관계에서 목적은 반드시 필요합니다.

솔직히 생각해보자

무슨 목적으로 그 모임에 다녀왔지?
왜 친구에게 전화를 했을까?
원치 않은 술자리에는 왜 나간걸까?

당신의 인간관계에는 목적이 있는가?

목적 없는 인간관계는 공허함을 주기 때문입니다. 친구, 또는 모임을 다녀온 뒤 공허함을 느낀 적 있지 않으세요? 허무함이라고 할 수 도 있고 현타라고 부를 수도 있겠네요. 술도 마시고 얘기도 많이 하고 잘 논 거 같은데 돌아오는 길이 영 헛헛합니다. 괜히 돈을 많이 쓴 것 같고 기분도 찜찜하죠. 만난 목적이 없었기 때문이에요.

이번 주에 만난 모임들, 했던 전화 통화들 생각해 보세요. 왜 만났고, 왜 전화를 했죠? 목적이 있었다면 꽤 의미 있는 시간이었을 겁니다. 누군가를 도왔을 수도 있고 성과를 냈을 수도 있죠. 아니면 오랜만에 회포를 풀거나 성장에 도움이 되었을 거예요. 스트레스 해소를 했을 수도 있고요.

그런데 목적이 없었다면? 대체로 씁쓸하게 끝납니다. 잠깐 반가웠을 수는 있지만 말 그대로 의미 없는 만남이었으니까요. 당신의 시간도 낭비했고 친구의 시간도 낭비했기 때문이에요.

마스터의 가르침

목적 없는 인간관계가 무엇을 말하는지 헷갈릴 것 같아
등장했어.

말 그대로 이유 없는 관계야.

심심해서, 딱히 할 게 없어, 외로워서 만나는 거지.

밤 중에 카톡 목록을 살펴보는 것도 마찬가지야.

물론, 좋은 관계를 유지하기 위한 안부 전화,

지나가다 들린 거래처는 분명한 목적이 있잖아?

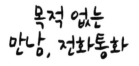 

상대의 시간을 빼앗는 행동을 삼가고, 내 시간을 빼앗는 전화를 조심해라.

나는 당신이 무의미한 관계에 에너지를 쏟지 않았으면 좋겠어.

만나서 돈 쓰고 시간 쓰고, 그렇다고 즐겁지도 않고 이게 무슨 낭비야!

쉬지도 못하고 해야 할 일도 못하고 말이야.

그리고

목적 없이 오는 전화, 만남도 잘 거절하길 바라.

전화 왔다 하면 회사 흉을 1시간 동안 보는

친구의 전화를 받을 이유는 없어.

정중하게 거절해.

부정적인 이야기만 들으면 감정만 어두워지고 시간도

빼앗기지.

더 나은 PIG를 선택하라

기억해! 목적 없는 인간관계의 끝은 혈라야!

◇◇◇◇◇◇◇◇

당신의 인간관계에는 목적이 잃어버리는 사람

인간관계에 목적이 없는 사람도 있지만 목적을 잃어버리는 사람도 많아요. 무척 어처구니없는 이야기를 하나 들려드릴게요.

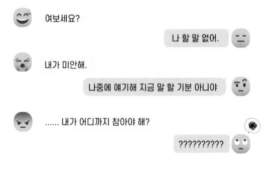

인간관계 목표를 잊어버리는 사람

자신의 잘못으로 여자친구를 화나게 만든 남자친구가 있어요. 여자친구의 마음을 풀어주고자 여자친구를 만났어요. 어르고 달랬지만 여자친구는 여전히 화가 풀리지 않았죠. 이에

화가 난 남자친구가 말합니다. "내가 어디까지 참아야 해?"

사과를 하려고 여자친구를 만나 놓고 되려 화를 내는 모습이 정말 우습습니다. 여자친구가 퉁명스럽게 대답하는 건 당연하죠. 애당초 그런 여자친구의 마음을 달래고자 찾아갔으니까요. 순간의 감정에 휩쓸려 왜 여자친구를 만나러 갔는지 잊어버린 셈이죠.

목적이 없으니 인간관계가 제멋대로 지

내가 원하는 목적은 여자친구에게 사과하기야.

목적을 정해야 바르게 행동할 수 있다.

지금 이 관계에서 어떤 목표를 갖고 있는지 반드시 기억해야 해요. 〈여자친구에게 사과〉라는 목표를 세우면 중간에 욱하는 돌발행동을 방지할 수 있어요. 〈협상 성공〉이라는 목표를

　더 나은 PIG를 선택하라

세우면 차분하게 상대와 협의할 수 있죠. 〈인간관계에서 존중받는 나〉라는 목표를 세우면 무시받는 상황에서 단호하게 표현할 수 있어요.

목적을 갖지 않으면 말과 행동에 기준이 없어집니다. 내뱉는 말이 어떤 관계를 만들지 생각할 수 없게 되죠. 친구와 감정이 상해 기분이 나빠졌을 때 목적이 없는 사람은 이렇게 말합니다. "살다 보니 이렇게 되었어."

물론 우리가 목적을 갖고 관계를 시작한다고 해서 모든 목적을 달성할 수는 없습니다. 하지만 적어도 불필요한 오해와 쓸데없는 감정소비는 확연히 줄여줍니다. 그리고 무엇보다 더 원만한 인간관계를 하게 되죠.

명심하세요.
인간관계를 시작할 때
반드시 목표가 있어야 해요.

핵심 정리

01. 최근 목적 없이 그냥 만난 적이 있는가? 만남 이후 어떤 감정을 느꼈는지 적어보라.

02. 만남 중에 목적을 잃은 경험이 있다면 적어보라.

03. 당신은 어떻게 말하고 싶은가? '살다 보니 이렇게 되었어.', '나는 이렇게 살기로 했어.'

더 나은 PIG를 선택하라

행복한 인간관계를 위해
꼭 필요한 가드 라인

자기 바운더리는 자기가 알아야 한다

대화를 하다 보면 묘하게 불편한 사람들이 있습니다. 딱히 뭐라고 하기는 애매한데 기분이 나쁘죠. 정확하게 나쁜 일을 한 건 아니라 애매합니다. 왜 그런 기분이 들까요? 그 사람이 당신의 영역을 침범했기 때문입니다. 쉽게 말하면 선을 넘었기 때문입니다.

바운더리

누구나 자기만의 영역이 있습니다. '바운더리'라고 하죠. 우리는 모든 사람들이 알아서 다른 사람의 영역을 지켜 주기를 기대하지만 그런 아름다운 일은 일어나지 않습니다. 우리 주변에는 선을 넘는 사람들이 너무나 많기 때문이죠.

심지어 선을 넘어 기분이 나쁜 표현을 하며 오히려 적반하장으로 이렇게 말합니다.

별 것도 아닌데 너 너무 예민한 거 아냐? (가스라이팅)
그래 내가 잘못이지 내가 문제야 (피해자 코스프레)
난 이해가 안 되는 데? (공감 능력 부족)
나이도 어린 네가 뭘 알겠니? (꼰대 문화)

이런 말들을 들으면 또 그런 가 싶기도 합니다.
분명 이런 대우를 받는 게 기분이 나쁜데, 이럴 때 어떻게 해야 할까요?

더 나은 PIG를 선택하라

마스터의 가르침

우선 자기 영역을 스스로 알아야 해.

나는 어디까지 수용하고 거절할지 말이야.

바운더리는 남이 정해주는 게 아니야. 그냥 아는 거지.

내가 싫으니까. 이 이상은 내가 불편하니까! 그게 전부야.

누군가는 이성끼리 어깨동무를 해도 괜찮지만

다른 누군가는 연인이 아니면 그 어떤 스킨십도 허용하지

않아.

친구 사이에 100만 원 정도는 빌려줄 수 있는 사람도 있고

어떤 경우에도 돈은 빌려주지 않는 사람도 있어.

묘하게 기분이 나빴던 기억도 설명할 수 있어.

당신은 친하지 않은 사람에게 사생활을 오픈하고 싶지 않은데

상대가 자꾸 사적인 질문을 해서 기분이 나빴던 거지.

이처럼 내가 어디까지 수용할 수 있고 거절하고 싶은지를 스스로 알아야 해.

◇◇◇◇◇◇◇

가드 라인을 만든다.

자기 바운더리를 파악했으면 이제 가드 라인을 만들어야 해요. 가드 라인은 영역을 넘지 못하게 막아주는 중요한 도구

더 나은 PIG를 선택하라

입니다. 사건이 발생하면 경찰들이 사건 현장 주변에 폴리스 라인을 만들어 출입하지 못하게 하죠? 넘어오는 사람이 있으면 강력하게 제지도 합니다.

이처럼 내 영역에 다른 사람이 함부로 들어오지 못하도록 가드 라인을 쳐야 해요. 가드 라인을 치는 방법은 두 가지입니다.

1. 가드 라인을 말로 전달한다.
2. 가드 라인을 지키도록 행동한다.

상황을 설정해 보도록 해요. 택시를 탔는데 기사님이 정치 이야기를 합니다. "자네 몇 번 찍었어요? 요즘 젊은 사람들이 문제야. 으이?" 당신은 이 말에 불편함을 느꼈어요. 즉, 바운더 리가 침범했음을 감지했죠. 이제 가드 라인을 쳐야 합니다.

1. 가드 라인을 말로 전달한다.
가드 라인을 말로 전달할 때는 몇 가지 유의할 점이 있어요. 사과하지 않습니다. 그리고 말을 길게 하지 않습니다. 정확하게 자기 의견을 전달해야 해요. 이렇게 말이죠.

기사님 저는 정치 이야기는 하고 싶지 않습니다
쉬면서 가고 싶습니다.

자신이 원하는 바를 말로 전하면 됩니다. 이건 처음 보는 사람뿐만 아니라 부부, 가족 친구에게도 적용 가능합니다. 처음에는 가드 라인을 전달하는 일이 불편할 수 있습니다. 말 그대로 선을 긋는 일이니까요. 그런데 자기를 지킬 수 있고 보호하는 일은 마땅히 가질 권리입니다. 절대 미안해하지도 죄책감을 가지지 마세요.

오히려 내 개인적 공간에 배려가 없는 상대가 미안해해야 하는 일입니다. 그리고 이 가드 라인은 상대와 나 사이에 지켜야 할 규칙이 됩니다. 규칙이 있을 때 질서가 생긴다는 점을 기억하세요. 해볼수록 찾아오는 평화로움과 자유를 느끼실 겁니다.

아! 그런데 우리 기사님이 아랑곳하지 않고 또 정치 이야기를 이어 가십니다. "젊은 사람이 정치에 관심을 가져야지! 이러니 나라가 이 모양 아니야?" 선 제대로 넘으셨네요.

더 나은 PIG를 선택하라

2. 가드 라인을 지키도록 행동한다.

가드 라인을 만들 때 반드시 지켜야 할 내용은 절대 그냥 넘어가서는 안됩니다. 자신이 세운 가드 라인을 먼저 스스로 지켜야 합니다. 가드 라인을 전달했는데도 또다시 침범을 해온다면 분명하게 행동해야 합니다. 스리슬쩍 넘어가서는 안됩니다.

기사님. 정치 이야기를 하고 싶지 않다고 말씀드렸습니다. 그런데 완전히 무시하시네요. 왜인가요?

물론 쉽지 않습니다. 하지만 분명하게 다시 한번 가드 라인을 말하고 이 가드 라인이 당신에게 중요하다는 걸 인지 시켜야 합니다. 사람들에게 당신의 가드 라인을 진지하게 받아들이도록 하는 유일한 방법입니다.

가드 라인을 만들고 드는 생각

가드 라인을 처음 들었을 때는 "좋은데?"라고 생각하지만 조금 시간이 지나면 두려움이 생깁니다. 다른 사람에게 가드 라인을 말했을 때 반응이 상상되기 때문이죠.

가까운 사이일수록 두려움이 많이 생깁니다. 하지만 두려움은 상상에 불과합니다. 우리가 집중할 건 두려움이 아닙니다 가드 라인을 세워 나를 보호하고 서로의 영역을 존중하는 관계입니다.

가드 라인은 서로를 보호하고
존중하기 위해 설치한다.

가드 라인을 만들면 먼저 제대로 거절할 수 있습니다. 나의 기준이 생겼기 때문이죠. 또한 영역을 침범하는 무례한 말과 태도로부터 나를 보호할 수 있습니다.

마지막으로 더 좋은 관계를 맺을 수 있습니다. 예를 들어 보겠습니다. 종종 만나는 친구들이 있는데 그중에 늘 약속에 늦

더 나은 PIG를 선택하라

는 친구가 있습니다. 1시간은 기본이죠. 다른 친구들은 괜찮다고 하지만 당신은 친구의 지각이 상당히 기분 나쁩니다. 힘들게 시간을 내서 나왔는데 의미 없이 1시간을 버려야 하니까요.

그래서 친구에게 가드 라인을 말합니다. "네가 약속 시간을 잘 지켰으면 좋겠어." 그럼에도 친구가 계속 지각을 한다면 최후통첩을 합니다. "30분 그 이상 늦으면 우리끼리 먼저 밥을 먹거나 놀게"

이런 말을 하는 건 그리 편하진 않습니다. 그런데 친구가 또 늦었습니다. 어떻게 해야 할까요? 행동해야 합니다. 먼저 밥을 먹거나 놀러 갑니다. 친구에게 내 가드 라인이 얼마나 중요한지를 인식시켜야 합니다.

그 과정에서 친구와 문제가 생길 수도 있습니다. 친구는 섭섭해 할 수 있죠. 하지만 결과적으로 다음 모임부터 이 친구는 시간을 잘 지키게 됩니다. 늦어도 반드시 전화를 하거나 메시지를 보내죠.

가드 라인을 처음에 설치하는 일은 어색할 수 있습니다. 하지만 일관되게 당신의 가드 라인을 전달하고, 실행하면 상대는 당신의 가드 라인을 인지하고 관계는 더욱 편안해집니다.

가드 라인은 달라질 수 있다.

가드 라인은 철벽이 아닙니다. 이동할 수도 있고 라인을 제거할 수도 있죠. 즉 가드 라인은 달라질 수 있습니다. 변덕스럽게 바꿔도 좋다는 말이 아니니 주의 깊게 들어주세요.

마스터의 가르침

바운더리는 달라질 수 있어.

그렇기 때문에 가드 라인은 달라질 수 있어.

예를 들어 성인이 되거나, 결혼을 하든 취업을 한 것처럼

삶에 큰 변화가 생기면 그에 맞는 가드 라인이 변경되어야 해.

한 예를 들어볼 게.

결혼 후 부부 싸움은 아내와 남편의 싸움이 아니야.

아내와 남자의 싸움이지. 무슨 말이냐고?

대체로 여성들은 결혼 후에 아내의 역할로 빠르게 전환해.

여성이 아닌 아내로서 바운더리를 새롭게 정의하는 거지.

친구들 보다는 부부를 더 우선하게 되고
아이가 생기면 아이 위주의 바운더리를 갖게 돼.

나도 남자지만, 문제는 남자들인데
남자는 남편으로 역할을 전환하는데 꽤. 오랜 시간이 걸려.

그래서 여전히 남자 바운더리를 유지하는 거지,
여전히 친구, 자기 취미, 원가족(엄마, 아빠)을 중요하게
여기는 거야.

왜냐하면 남편으로 바운더리를 새롭게 정의하면
친구들과 원 가족, 동호회에 가드 라인을 쳐야 하니까,
그게 불편해서 싫은 거지.
그런데 가드 라인을 계속 치지 않으면?
가족보다 친구를 우선하는 인간,
아내보다 자기 엄마 눈치를 더 보는 남의 편이 되는 거지.

어떻게 이렇게 잘 아냐고? 흠흠, 그건 넘어가자고.

더 나은 PIG를 선택하라

◇◇◇◇◇◇◇◇

마스터의 가르침처럼 인생의 큰 변화가 생기면 바운더리를 새롭게 정의하게 됩니다. 거기에 하나 더! 상대가 누구인지에 따라 가드 라인을 열어 주기도 하고 더 굳게 막기도 합니다.

동그라미 구조가 아닌 피라미드 구조

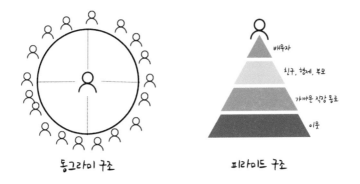

동그라미 구조   피라미드 구조

인간관계는 모든 사람에게 친절하고 다정하면 최고 일 것 같지만, 불가능한 이야기죠. 모두에게 사랑받을 수 없고, 무엇보다 하나의 몸으로 나와 관계 맺는 모든 사람과 동일한 관계를 맺는 다는 건 불가능해요.

인간관계를 맺게 되면 결국 이런 피라미드 구조로 맺게 됩니다. 가장 위 나의 모든 사생활을 공유할 수 있는 최상위 그룹이 있어요. 여기에는 기혼자라면 배우자가 되겠죠. 그다음 그룹은 사생활의 많은 부분을 공개할 수 있는 가장 친한 친구, 부모, 자녀가 될 겁니다. 이렇게 단계가 내려갈수록 나를 공개하는 범위가 점점 좁아 지죠.

"나는 절대 돈을 빌려주지 않아."라는 가드 라인이 있다 해도, 모든 그룹에게 동일하게 적용되지는 않겠죠? 적어도 정말 믿을 수 있는 친구에게는 어느 정도 돈을 빌려줄 수도 있을 겁니다.

이처럼 가드 라인은 변하지 않는 철벽이 아닙니다. 상황에 맞게 이동할 수 도 있고, 문을 열어 줄 수도 있죠. 하지만 대체로 자신의 가드 라인을 잘 전달하고 스스로 잘 지키기를 조금 더 강조합니다!

가드 라인은 과제 3에서 직접 작성해 볼 겁니다. 기대해 주세요.

더 나은 PIG를 선택하라

핵심 정리

01. 바운더리와 가드 라인의 차이를 설명해 보라.

02. 가드 라인을 만드는 방법 두 가지를 적어보라.

03. 당신의 인간관계는 동그라미 유형인지 피라미드 유형인지 적어보라, 그리고 그 관계의 이점을 적어보라.

인간관계 목표,
결국 당신의 행복이다

당신은 왜 그토록 노력하는가?

거의 마지막 장에 와서 이게 무슨 소리인가 싶으실 겁니다. 인간관계, 커뮤니케이션이 힘들어 이 책을 선택했고 잘 읽어 왔는데, 왜 그토록 노력을 하냐고요? 당연히 행복을 위해 서죠. "나의 행복을 위해서요!"

행복이라, 행복이 뭘까요? 갑자기 이런 추상적인 말씀을 드리는 이유는 여러분이 인간관계를 잘하기 위해 노력을 하고 계신데, 진짜 행복해지셔야 하지 않겠어요? 그러기 위해서는 행복에 대해서 이야기 안 할 수가 없죠.

여기서 잠깐 마스터의 말씀을 들어보겠습니다.

마스터의 가르침

행복에는 두 가지가 있어.

1. 노력해서 얻는 행복
2. 지금 이 자리에서 누리는 행복

노력해서 얻는 행복은 돈, 물건 등이 있겠지.
그런데 무언가 노력해서 얻는 행복은 최대선이 있어.
돈을 많이 모으면 행복하지만, 연봉 1억이 넘어가면
더 이상 돈에서 행복을 느끼지 못한다는 연구 결과가
있거든.

무엇보다, 노력하지 않으면 행복할 수 없다는 건 왠지

씁쓸하지.

노력해서 얻는 행복을 다른 감정으로 표현하자면
쾌락으로 표현할 수 있어.

반면, 지금 이 자리에서 누리는 행복은
편안함으로 표현할 수 있어.
조금 더 깊게 말하면 well-being 잘 존재하는 거지.
이 행복이 우리가 진짜 원하는 행복에 가까워.

인간관계를 잘하는 이유는 행복하기 위해서잖아?
그런데 그 행복이 쾌락 즐거움 같은 행복은 아니지.

편안함, 관계에서의 오는 만족감, 더 무엇을 하지 않고
존재하는 것만으로 누리는 행복이지.

직장 상사와, 껄끄러운 사람과 잘 지내게 되었다고 신나진
않지.
아무것도 하지 않아도 행복한 그 상태가 되기 위해
우리는 노력하고 성장하는 거야.

더 나은 PIG를 선택하라

행복은 어느 목표에 달성하거나 무언가를 얻어야 느끼는 게
아니야.
지금 발견하는 것이지.

이게 가드 라인을 설치해야 하는 이유야.
무언가를 더 얻어서 더 노력해서 얻는 행복이 아니라,
내 영역이 보호받고
다른 사람과 조화를 이루는 상태에서 느끼는 행복.
기대되지 않아?

지금 그 행복을 얻는 방법을 찾기 일보 직전이라고!

이 책의 목적, 내가 느낀 행복을 당신에게도 선물하는 것

이제 정말 마지막 레슨만을 남기고 있어요. 여러분과 이렇
게 대화를 나눌 수 있어 정말 즐거웠습니다. 저는 인간관계가
정말 서툴렀던 사람이에요. 상황에 맞는 가면을 쓸 줄도 몰랐
고, 자동화된 생각에 노예처럼 살았죠. 그리고 진짜 행복이 무
엇인지도 몰랐어요. 가드 라인이 없으니 무례한 사람들에게 끌

려 다녔죠.

  이대론 안 되겠다 싶어 인간관계와 심리학을 공부했어요.
그리고 제 삶은 완전히 변했죠. 무엇보다 제가 정말 행복해졌어
요. 다른 사람과의 관계를 어떻게 해결할까, 말도 안 통하는 저
사람과 어떻게 같이 일할까 라는 고민을 벗어나 저 자신에게
집중했거든요. 그러자 관계를 잘 맺기 위해 애쓸 때 보다 훨씬
잘 풀렸어요.

  당연한 결과였죠. 더 나은 선택을 하니 더 나은 관계가 된
거죠. 제 노하우를 사람들과 나누었고 그렇게 저는 인간관계
및 부부관계 전문가가 되었어요. 이 글에서 나오는 인간관계
마스터가 바로 지금의 저랍니다.

　　　　　　　　　　더 나은 PIG를 선택하라

마스터의 가르침

인간관계가 더 이상 걸림돌이 아닌
행복을 향한 디딤돌이 되기를 바라는 마음에 이 책을 썼어.

정말로 당신이 행복했으면 좋겠어.
스트레스받고 긴장되는 관계가 아니라,
갈등 속에서 좋은 대안을 함께 찾고,
서로를 향한 격려와 기대가 가득한 그런 관계가 되길 바라.
따스한 햇살 같은 말과 꼬옥 안아주는 듯한 다정함이
당신 주변에 가득하게 되는데 이 책이 도움이 되었으면
좋겠어.

진심으로 당신이 행복했으면 좋겠어.

01. 당신은 행복한가?

02. 행복은 두 가지로 나눌 수 있다. 어떤 것이 있는지 적어보라.

03. 당신이 진정 누리고 싶은 행복은 어떤 행복인가?

과제 3
노력하지 않아도 행복을 경험하는
Guard Line 리스트 작성법

나를 지키고 너와 나의 규칙이 되는 가드라인

드디어 가드라인 리스트를 작성합니다. 정말 기대되는군요. 그전에 바운더리와 가드라인을 먼저 구분해야 합니다.

바운더리 : 내가 수용하거나 거절할 수 있는 나의 영역

가드라인 : 상대가 내 바운더리를 침해하지 못하게 하는 도구(말,

행동)

인간관계가 어려운 사람들은 우선 바운더리가 모호합니다. 어디까지 수용하고 거절할 수 있는지에 대한 기준이 없기 때문이죠. 묘하게 기분이 나빠도 자신의 영역이 불명확하니 기분이 나쁘다고 요구하지 못합니다.

그래서 자신의 바운더리를 먼저 파악해야 합니다. 그다음,

상대가 이 바운더리를 넘지 않도록 가드 라인을 설치해야 합니다.

　　그래서 가드라인은 다음과 같은 순서로 작성합니다. 마스터?

마스터의 가르침

네드라 글로버 타와브의 책 <나는 내가 먼저입니다>에서는 6가지 관계의 바운더리를 이야기해.

1) 신체적 바운더리 (신체접촉, 개인공간)
2) 섹슈얼 바운더리 (외모, 성적 행동)
3) 지적 바운더리 (생각, 의견)
4) 감정적 바운더리 (감정, 기분)
5) 물질적 바운더리 (물건, 돈)
6) 시간 바운더리 (시간 관리, 개인 시간)

처음에는 이 중 하나를 정해서 작성하길 추천해.
지금 당신에게 가장 필요한 영역이 뭐야?

다른 사람과의 관계가 힘들면 감정적 바운더리,
도무지 나만의 시간이 없다면 시간 바운더리
이렇게 지금 가장 고민인 주제로 작성하면 더 큰 도움을
받을 거야.

그러면 가드라인 리스트 작성을 시작해 보자.

1. 바운더리의 힌트 (자기 파악)
2. 바운더리 선 긋기
3. 가드 라인 설치

이렇게 진행될 거야.

---

1. 바운더리의 힌트 (자기 파악)

먼저 내가 어떤 걸 좋아하고 싫어하는 지를 알아야 해.
바운더리는 내가 정하는 거니까. 작성한 예시를 바로
보여줄 게.

개인적인 것도 좋고 직업적이거나 종교적인 것도 상관없어.
어느 누구의 이야기도 아닌 정말 행복하길 원하는 바로
당신의 이야기이니까.
이걸 작성할 때는 차분하고 조용한 상태에서 적길 추천해.
이런 나의 흔적, 경험이 바운더리를 찾는 힌트가 될 거야.

2. 바운더리 선 긋기

내가 언제 기분이 상하고 불쾌한지를 구체적으로 표현하는
거야. 이럴 때 우리는 바운더리를 침해당했다고 표현해.
구체적으로 작성할수록 좋아. 바운더리를 침해당했던
상황을 기록하고 그다음 어떤 감정이 느껴졌는지 적는
거야. 작성한 예를 바로 보여 줄게.

✏️ 바운더리 선 긋기

바운더리를 침해당했을 때 일어난 일과 그 때의 기분을 적습니다

- 핸드폰을 확인 했는데 친구로 부터 온 부재중 전화가 7개가 있었다.

  → 급한 마음에 전화를 했는데 심심해서 온 전화라고 했다. 그리고는 1시간 가량을 자기 얘기를 떠들어댔다. 상당히 기분이 나빴고 내 시간이 낭비된 것 같았다. 무엇보다 크게 걱정이 되었는데 급한 용무도 아니라서 허탈했다.

- 새로운 거래처의 김 대리는 대화 할 때 거리를 너무 가깝게 한다.

  → 민망했고 불편함이 생겨 회의에 집중을 잘 못했다. 사람은 좋은 거 같은데 내게는 부담스럽다

- 친구가 주말에 이사를 하니 반드시 와서 도와달라고 말했다.

  → 이번 주에 반드시 끝내야 할 일이 있는데 마지 못해 도와주었다. 이사를 도와주다가 중간에 집으로 돌아왔는데 친구가 섭섭해 했다. 일도 제대로 끝내지 못하고 친구와도 관계가 애매해졌다.

더 나은 PIG를 선택하라

그 외에도 여러 가지 침해한 이야기들이 있을 수 있지.

남자친구와의 대화에서 나는 힘든데
"뭘 그런 걸로 힘들어해?"라는 말을 들었을 때,
(감정적 바운더리)

엄마가 내 일기장을 몰래 보는 것도
아주 큰 신체적 바운더리 침해지! 내 공간을 침해한 거니까.

원치 않는데 포옹을 하거나
어깨동무를 하는 건 신체적 바운더리 침해야.

자기 정치 성향이나 종교를 강요하는 일,
나의 의견이나 생각을 동의할 수 없다며
무시하는 건 지적 바운더리 침해야.

**이렇게 정확하게 문장으로 표현을 하면
모호했던 바운더리의 선이 제대로 그어져.
바로 기준이 생기는 거지!**

이미 충분히 잘하고 있어! 이제 마지막 단계야.

---

3. 가드라인 설치

가드 라인은 상대가 내 바운더리를 넘지 않도록 하는 말과
행동이야.
그렇다고 짜증을 내고 화를 내라는 말 아닌 거 잘 알지?
하지만 싫은 티는 분명하게 내야 해.

앞서 이야기했듯이 가드 라인을 정확하게 전달하고,
상대가 지키지 않으면 그에 맞게 행동을 해야 해.
처음에는 불편할 수 있지만
이 방법 만이 상대에게 내 바운더리를 인지시키는
방법이니까!

여기서 당신이 반드시 가져야 할 감정은 "단호함"이야.
당신을 지키고 더 나은 관계를 맺기 위한 단호함!

그러면 작성 예시를 살펴보자

▨ 가드 라인 설치

"네가 _____ 했으면 좋겠어" 라고 정확하게 가드 라인을 전달하고 행동합니다

- 친구야. 앞으로 중요한 용무가 아니면 연달아 전화는 하지 않았으면 좋겠어.

- 김대리님, 조금만 떨어져서 회의를 진행했으면 좋겠습니다.

- 이사는 도와주지 못할 것 같아. 반드시 끝내야 할 일이 있거든. 네가 이해해줬으면 좋겠어.

가드라인을 전달할 때 길게 말할 필요 없어.

미안할 필요도 없지. 너와 나의 더 나은 관계를 위해

요구하는 거니까.

가드 라인을 지켜야 더 좋은 관계를 만들 수 있으니까!

규칙이 없는 곳엔 질서도 없음을 기억해!

작성된 예시를 모두 보고 싶으면 아래 링크를 클릭하면 돼!

가드 라인 작성 예시 바로 보기

가드라인 전달 및 행동을 할 때 주의사항

1. 사과하지 마세요. 누구에게나 가드 라인은 꼭 필요합니다.

2. 한 번 설명으로는 부족해요. 계속 전달하고 행동하세요

3. 그냥 넘어가지 마세요. 스스로 가드 라인을 무너뜨리는 행동입니다.

4. 가드 라인은 나를 보호하고 더 좋은 관계를 맺기 위한 기준이에요.

5. 누가 뭐라 해도 내가 가장 소중합니다.

조화를 이루되 동화되지 않는다.

논어에서 공자는 말합니다.

군자는 조화를 이루지만 동화되지 않는다.

저는 이 말이 가드라인의 메시지라고 생각해요. 가드라인을 만들면 내 기준이 생기고 나만의 안전한 영역이 생겨요. 그리고 상대가 누구인지에 따라서 그 영역에 초대를 하기도 하고 때로는 거부를 하죠. 그렇게 조화를 이루어가요. 그렇다고 내 경계를 빼앗기지 않죠.

정말 멋진 말이죠? 인간관계가 힘든 사람들은 딱 반대로 살아요. 다른 사람이 내 영역을 마음대로 침범하게 하죠. 자신의

더 나은 PIG를 선택하라

정체성이 없으니 그저 맞추기만 할 뿐, 조화를 이루지는 못하거든요. 늘 억울함만 가득하죠.

가드라인 작성을 꼭 해보세요. 무언가를 더 해서 얻는 행복이 아닌 지금 이 자리에서 느끼는 편안함의 행복, 잘 존재하는 행복을 느끼게 될 거예요. 정말로 당신이 행복하길 바라요.

Guard Line 리스트 작성하러 가기

• Guard Line 리스트 예시 및 작성 양식 다운로드 받기

  (노션, 구글 독스, PDF 형식으로 다운로드 받으실 수 있습니다.)

핵심 정리

01. 바운더리와 가드라인이 어떻게 다른 지를 설명해 보라.

02. 가드라인 리스트를 작성하는 3단계를 적어보라.

03. 친구가 자동차를 빌려달라고 해서 선뜻 빌려줬다. 다음 날 자동차를 돌려주었는데 차 안은 엉망이고 기름도 다 떨어졌다. 이때 어떻게 가드 라인을 쳐야 할까?

더 나은 PIG를 선택하라

> 66
>
> # 인간관계에서 완벽한 자유를 얻어라
>
> 99

돼지는 많다. 더 나은 PIG를 선택하라!

장기를 두는 두 노인이 있습니다. 그리고 옆에 한 중학생 소년이 지켜보고 있죠. 이 세 사람 중 장기를 가장 잘 두는 사람은 누구일까요?

중학생 소년입니다. 옆에서 지켜보는 사람의 시야가 더 넓기 때문입니다. 게임 당사자는 자신의 입장에서 게임을 지켜보기에 시야가 좁습니다. 시야가 좁다는 건, 선택지가 좁다는 것이죠.

한 걸음 물러서면 더 넓은 시야, 더 많은 선택지를 보게 됩니다. 그리고 사람은 자신에게 더 도움이 되는 선택을 합니다. 인간관계도 결국 선택의 문제입니다.

"그때 그렇게 말하지 말 걸.."
"괜히 오해를 해서 문제를 만들었네."
"욱해서 심한 말을 해버렸어."

돼지는 많다는 말은 우리가 생각하는 방법 외에도 여러 선택지가 있다는 말입니다. 그리고 특별히 인간관계에서는 Persona(가면), Interpret(해석), Guard Line(기준)을 잘 선택하는 일이 중요합니다.

더 나은 PIG를 선택하라

좋은 선택이, 더 좋은 관계를 만들기 때문이죠.

아내와의 불화, 가장으로서 형편없는 경제력, 무리 문화, 지우고 싶었던 과거의 제가 변할 수 있었던 건 더 나은 PIG(돼지)를 선택한 덕분입니다.

Persona(가면) 선택법으로, 사람들을 만날 때 효과적으로 설득하고 원하는 바를 얻을 수 있었습니다.

Interpret(해석) 선택법으로, 생각 바이러스들을 물리치고 나와 관계에 도움이 되는 현명한 생각을 선택할 수 있었습니다.

Guard Line(기준) 선택법으로, 모든 관계에서 나를 중심에 두었고, 나를 보호하고 다른 사람과의 건강한 거리를 만들 수 있었습니다.

이제 여러분도 더 나은 돼지를 선택하실 수 있게 되었습니다. 상황에 맞게 어떤 선택지가 있는지 찾아볼 수 있는 능력도 생겼죠.

더 나은 선택을 하는 사람

이제 당신의 인간관계는 새롭게 시작됩니다. 리스트들을 작성하며 인간관계에서 더 나은 선택을 할 수 있게 되었죠.

마음껏 시도하시기를 응원합니다. 제가 자주 하는 말이 있어요.

시도한 사람에게는 두 가지가 주어진다.

성공 아니면 배움이다.

실패는 시도조차 못한 사람의 것이다.

시도를 해보세요. 작은 성공들로 자신감을 얻어 더 큰 성공을 하게 될 거고, 배움을 얻으면 보완해서 새로운 성공을 얻으실 겁니다.

더 이상 다른 사람의 기준이 아닌 여러분 만의 인간관계를 맺길 응원하겠습니다. 마스터 마지막으로 하실 말씀 없으세요?

마스터의 가르침

마지막이라니 왠지 아쉽군,
더 길게 말하진 않겠어.
마지막으로 주먹을 불끈 쥐고
나를 따라 해 봐.

"나는 더 나은 선택을 할 수 있어!"

응, 나도 당신이 그럴 수 있다고 믿어.